Paul Mettery

Les kakapos

Chapitres :

Edition : Books on Demand,
12/14 rond-Point des Champs-Elysées, 75008 Paris
Impression : BoD - Books on Demand, Norderstedt, Allemagne
ISBN : 9782322222674
Dépôt légal : Mai 2020

Les kakapos

Dave by Dave

Il faisait bon en ce mois de mai. Après avoir passé la frontière italienne, le soleil resta à mes côtés et trempa ma chemise. La musique à fond dans le cabriolet me donnait aussi mal à la tête que le bruit abasourdissant du vent. Mais, paradoxalement, n'était-ce pas cela la définition d'une existence tranquille ? De la musique et une bagnole de sport ? Une Lotus Elise pour mon cas. Mes fesses rasaient le sol dans ce bolide et les lointaines pédales gardaient mes jambes étirées. Elle me faisait vraiment ressentir la route la garce. Mon corps vibrait comme si j'étais couché sur un skate-board.

J'avais roulé à fond depuis la Toscane et dans le coffre, minuscule, de la voiture offerte par Papa j'avais pu glisser une bouteille de vin d'un petit producteur italien. Une quille de plus dans l'immense cave du paternel mais l'important c'est le geste.

Mon nom est Gabriel mais tout le monde m'appelle Gaby. Passionné de vitesse, bientôt trois dizaines d'années au compteur. J'avais alterné autoroutes et nationales pendant tout le trajet. J'aime l'alternance. J'alterne entre vacances et stages, stages de récupération de points évidemment depuis mes dix-huit ans.

En fait ma famille est blindée. C'est vulgaire mais c'est vrai. Mon père et ma mère étaient de vrais passionnés. Pas passionnés par l'argent, mais par le travail, l'entreprenariat. Et moi c'était l'inverse, je n'avais aucunement besoin de me faire soigner de ma dépendance au travail. J'aimais seulement le fric. De toute façon, je n'avais jamais vu autre chose, j'étais né dedans alors je trouvais cela normal même si j'avais pas mal d'amis détenteurs d'un train de vie tout à fait banal. Le seul truc qui m'embêtait était de ne pas trop voir ma copine. En effet, cette fille sublime de vingt-six ans s'était lancée dans de longues et douloureuses études de médecine. Personne n'en voyait la fin et même elle semblait totalement découragée, mais il fallait tenir, le diplôme n'était plus très loin.

Elle est pas mal ma petite Lotus Elise, avec ses chevaux et son accélération semblable à celle d'une Formule 1, elle permet de ne plus hésiter pour le moindre dépassement à effectuer. Elle permet aussi de rencontrer plus facilement les flics, enfin, au moins, plus souvent. C'était le cas ce jour-là. Un homme habillé en gendarme parce qu'il l'était pour de vrai m'arrêta dans un endroit très charmant où je roulais à une allure très modérée car la route était accidentée. Ils étaient deux, habillés très chaudement pour la température qu'il faisait.
-Bonjour monsieur, Gendarmerie Nationale, vous savez pourquoi on vous arrête ? demanda l'un des deux.

-Ah non, je ne sais pas non, dis-je en faisant mine d'être idiot.

-Il faut rouler à quatre-vingt-dix kilomètres à l'heure entre deux villages et pas à cent trente, vous mettez en danger les autres automobilistes.

-Je suis désolé monsieur l'agent mais je n'ai pas vu la vitesse, vous savez ces bagnoles, on appuie à peine et ça part d'un coup !

-Je ne veux pas le savoir, quand on a une voiture de sport on va sur circuit !

-Mais je vous jure ! Sur cette voiture je passe la troisième à quatre-vingt-quinze kilomètres-heure. Vous devriez essayer un peu, ça vous changerait de vos tracteurs de merde !

-Ecoutez monsieur ! Vous rouliez quarante kilomètres heure au-dessus de la limite autorisée alors ce n'est pas le moment de fanfaronner !

-Ça va, je vous donne des conseils ! Plaignez-vous au gouvernement sérieux, c'est lamentable de forcer des gens à rouler en Scénic ! Ce n'est pas comme cela que vous allez attraper les go fast !

-Ecoutez, ce n'est pas la peine de faire de la politique ! L'amende sera la même, et le retrait de point aussi !

Il ne parvenait même plus à écrire son procès-verbal tellement je l'avais perturbé et son collègue restait impassible avec le regard froid. Le regard du molosse qui observe les caniches passer dans la rue.

-De toute façon monsieur l'agent vous faites une grave erreur, ajoutai-je. Je suis chiraquien, comme toute ma famille d'ailleurs ! Et on ne va pas en rester là croyez-moi !

-J'ai peur ! s'exclama-t-il l'air pas du tout effrayé. Vous savez que ça a changé depuis le temps. Chirac il a un peu passé l'arme à gauche. Il faudrait se réveiller !

-Il n'est peut-être plus président mais croyez-moi qu'il a laissé un héritage. Et de toute façon je m'occupe de la mémoire collective de cet homme !

-Méfiez-vous de quoi ? Arrêter de raconter des âneries !

-Vous allez voir quand vous allez recevoir votre lettre de mutation, dis-je menaçant. Vous verrez quand vous serez obligé d'aller travailler en région Centre. Vous y repenserez à ce fameux Jeudi où vous avez mis le P.V. de trop !

-Monsieur ! Si vous continuez, je vous verbalise aussi pour outrage à agent ! C'est compris ?!? Si vous voulez jouer au con, on va jouer au con. Je n'ai pas l'air comme ça mais je peux être très con ! s'exclama-t-il en m'ordonnant de descendre.

-Ah ben ça je n'en doute pas, c'est pour ça que vous êtes flic d'ailleurs !

-Pardon ? Pardon ?!? Alors d'après vous tous les « flics » sont cons c'est ça ?!?

-Déjà ils ont été assez cons pour devenir flic alors c'est une preuve suffisante !

Il se tourna vers son collègue pour le prendre à témoin et ajouta :

-Bien, je pense qu'on va se revoir au tribunal ! Qu'en dîtes-vous ?!?

-Ça va, je me suis emporté. Je m'excuse, dis-je nonchalamment. Je vais vous offrir une bière à vous deux.

-Vous vous excusez vous-même ? dit-il tel un instituteur. Non merci pour la bière, n'essayez pas de nous corrompre.

-Je vous prie de m'excuser monsieur, c'est mieux comme ça ? Et pour la bière détendez-vous, je vous propose, c'est tout.

Il retenait mes papiers en otage, il avait ce regard en lui de l'adulte qui s'apprête à dire à l'enfant : « Et le mot magique ? ».

-Vous avez de la chance que je sois dans un bon jour. Je retiens juste l'amende et les points pour l'excès de vitesse. Tiens Dave, va me chercher la gourde, dit-il en s'adressant à son collègue.

-Excusez-moi mais votre collègue s'appelle Dave ? demandai-je au bord du rire.

-Non, David. Moi c'est David et lui c'est Dave pour qu'il n'y ait pas deux David. Mais parfois je deviens Dave donc c'est étrange.

-C'est mignon, dis-je avec un grand sourire. Et du coup ça vous fait quoi de passer la journée avec Dave au calme, ça vous excite ? Vous allez pousser la chansonnette ? Qui est-ce qui mange le micro chez vous ?

Son regard changea d'un coup, il devint noir et il me demanda d'écarter les bras. Une fouille peut-être ? Je m'étais retrouvé dos à lui et il m'avait fessé avec sa matraque :

-Une fois pour Dave ! dit-il en hurlant. Une deuxième fois pour mon devoir d'éducation ! ajouta-t-il entre mes cris, et une troisième fois parce que jamais deux sans trois !

-Mais arrêtez ! C'est la Gestapo ou quoi ?!? dis-je terrifié.

-Je vais t'apprendre la sensibilité et la politesse à coups de matraque petit con ! Ça t'apprendra à être homophobe enfoiré !

-Mais je disais ça comme ça, c'est sympa de passer la journée avec un copain ! m'exclamai-je tandis que l'autre Dave guettait les alentours déserts de la petite route.

Quand il eût terminé. Je ne savais pas ce qui m'avait retenu de me jeter sur lui. La prison peut-être ? Je n'en revenais pas, j'étais une victime de la jalousie des forces de l'ordre. Un innocent martyrisé par des gens prétendant avoir les pleins pouvoirs.

-Je vais me plaindre ! m'exclamai-je. Je retrouverai vos noms et vous allez payer !

-Allez, allez ! Du balai va ! s'exclama David. Dave, on ne lui met pas l'amende. Je pense qu'il se souviendra de sa petite virée !

-Ouais c'est ça ! C'est surtout pour ne pas vous mettre en danger vous ! Mais de toute façon vous avez perdu ! Quand mon père apprendra ça, vous aurez rapidement des nouvelles des meilleurs avocats de la région !

-Casse-toi petit bourgeois ! Va pleurer chez ta mère !

Après un rapide sourire malhonnête il me laissa reprendre la route. A fond encore. De toute façon, statistiquement, on ne pouvait pas m'arrêter deux fois dans la même journée.

Jeudi noir

En arrivant chez moi, à Aix-en-Provence, j'avais dû un petit peu ralentir car le parking de la société « Garvu » était plein. La société « Garvu », le leader mondial de la cheville, pas les chevilles humaines. Ces petits bouts de plastique appréciés des bricoleurs et que l'on appelle : « Chevilles ». Monsieur et Madame Garvu, étaient mes parents. Michel Garvu, mon père, technicien et théoricien exceptionnel, avait un certain talent pour le marketing. C'est lui qui avait trouvé le slogan génial : « Chez Garvu, nos chevilles ne gonfleront jamais et nos prix non plus ! ». Donc, par conséquent, je n'avais pas besoin de badge pour entrer chez Garvu. Les gens de l'accueil ne m'appelaient pas « Garvu junior » mais tout simplement « Gaby », diminutif de mon prénom Gabriel. J'avais quand même réussi à trouver une place sur le parking de la société. J'allais rendre visite au PDG dans mes pompes de commercial et ma chemise taillée sur mesure tout en tenant dans la main la bouteille de vin qui lui était destinée. J'arpentais en homme pressé le grand open-space de la firme en faisant de rapides saluts de la main droite mais ce jour-là les employés avaient l'air moins détendu qu'à l'accoutumée. La tension était palpable. En totale opposition avec le doux soleil tranquille qui passait la journée dehors. En entrant dans le bureau du paternel, j'ai tout de suite compris que ce n'était pas le meilleur jour de l'année, sur le plan professionnel du moins.

« Ils vont tous nous avoir ! Mais pourquoi ils ne restent pas dans leur domaine ?!? Philippe, je te rappelle dans deux minutes ! ». Le grand Michel dégoulinait dans sa chemise bleu ciel et ses cinquante-neuf ans commençaient clairement à prendre forme sur son visage, lui qui paraissait si jeune d'habitude. Il m'embrassa.

-Alors grand ? Sympa ce week-end ? demanda-t-il calmement.

Clotilde la chef comptable entra dans le bureau en frappant mollement à la porte.

-Monsieur Garvu, pour le…

Michel devint surexcité en une demi-seconde :

-On fera le compte de résultat à seize heures ! Je vous l'ai dit ce matin !!!

-Mais il est seize heures et quart monsieur.

-On le fera à dix-sept heures !!! Je suis en réunion !

En fait, je ne l'avais jamais vu comme ça. Il semblait ultra-détendu lorsqu'il me parlait et totalement enragé lorsqu'il échangeait avec un membre étranger à sa famille.

-Je reprends, c'était bien la Toscane ? dit-il paisiblement.

-Oui pas mal, en plus il a fait beau. Dommage que Manon n'ait pas pu venir.

-Manon ?

-Papa ! Manon, ma fée, ma princesse depuis trois ans bientôt !

-Ah oui excuse-moi, j'étais un peu ailleurs, une travailleuse. Tu as appelé Jean-Luc pour le stage ?

-Non j'étais en week-end, alors que je sentais des relents de matraque dans le corps.

-Oui, en week-end jusqu'au Jeudi d'ailleurs ! Et la route ? Tu ne t'es pas fait flasher j'espère ?

-Non ! Mais il m'est arrivé un truc incroyable, scandaleux même ! Il faudrait porter plainte je pense !

-Porter plainte ? Contre qui ? Si tu as pris une amende c'est que c'est mérité, il faut laisser la police tranquille. On les critique mais quand il y a une bavure c'est qu'un délinquant les a réellement provoqués !

-Oui, dis-je timidement. Non mais la plainte, c'est un copain qui a eu un problème mais… Non laisse tomber.

-Et, tu as pris l'autoroute ? demanda-t-il comme s'il avait déjà oublié l'évènement. Pourquoi tu te tortilles ? Tu es tombé dans des orties ? demanda-t-il méfiant.

-Non j'ai… J'ai glissé en allant pisser sur un chemin mais ça va, mentis-je, et puis j'ai fait un peu de nationale histoire de ne pas m'ennuyer en conduisant. Et toi ça va ? T'as l'air fatigué ?

-Oh non, trois fois rien ! dit-il en prenant une voix grave. Il y a juste un groupe sino-qatari basé à Dublin et opérant depuis le Luxembourg qui tente de racheter la boîte, à un prix dérisoire évidemment.

-Des Qataris ? Qu'est-ce qu'ils vont foutre de toutes ces chevilles ? C'est pour remplacer celles de leurs joueurs de foot blessés ? Faut leur dire que ce n'est pas le même type de chevilles !

-Ah, ah, quelle imagination toi ! Ce sont les nouvelles méthodes maintenant. Ils placent leurs pions partout en espérant que ça devienne des rentes pour l'après-gaz !

-Ah ouais c'est chaud. Mais pourquoi tu ne vends pas ? Et avec Maman, vous trouvez autre chose.

-Non ! J'ai des employés qui ont des familles, et surtout on a un honneur. Je ne veux pas qu'ils me prennent pour un kakapo !

-Un « kaka » quoi ? demandai-je surpris.

-Un oiseau présent uniquement en Nouvelle-Zélande, brave mais naïf, qui court mais qui est incapable de voler de ses propres ailes. Ils me font tourner en rond quoi !

-Tu connais la Nouvelle-Zélande ? demandai-je intrigué.

-On y est allé l'année dernière avec ta mère pour le congrès du Pacifique Sud ! Tu te rappelles, tu m'avais bu mes meilleures bouteilles de ma cave !

-Ah oui, d'ailleurs pour me faire pardonner, j'ai ramené une petite bouteille, dis-je en repensant à mon vin italien.

-Et puis ce n'est pas si simple que cela, dit-il en ignorant mon geste. Je pourrais ne pas vendre et tenter de m'associer avec le groupe « Würth » mais ils vont nous bouffer à petit feu même si ce sont des gens très sérieux.

-Vends alors et tu montes autre chose, proposai-je sûr de moi.

-Et j'en fais quoi des cinq-cents collaborateurs ? J'en fais autre chose aussi ?!? Et en plus, « Würth » ce sont les champions de la cheville métallique juste devant nous et je n'ai pas envie qu'ils nous piquent tous nos secrets pour la cheville plastique !

-Mais la cheville plastique « Zèbre-Requin » elle est verrouillée, elle est bien à nous ?

-Oui mais n'oublie pas qu'ils en ont sorti une pâle copie qu'ils ont appelé « Zebra-Shark » ! Ce n'est pas très sport tout de même !

Il commença à redevenir tendu et je sentais que, comme la chef comptable Clotilde, j'allais en prendre plein la tronche car son tempérament variait vertigineusement d'une seconde à l'autre.

-Et toi ? Pourquoi tu n'appelles pas mon vieux copain Jean-Luc pour ton stage ? dit-il avec un petit sourire retrouvé.

-Papa, ce n'est pas pressé et puis de toute façon dans un an ou deux tu pars à la retraite et c'est moi qui reprends la boutique, alors un stage …

-Ce n'est pas pressé ?!? s'énerva-t-il finalement. Bon, écoute-moi bien mon petit gars, Je pense qu'à vingt-huit ans ça devient un peu pressé de travailler si tu vois ce que je veux dire ! Il faudrait songer à débuter un jour !

-J'ai déjà commencé, j'ai fait l'école de commerce après mon bac et j'ai été diplômé.

-Diplômé grâce au compte en banque de ta mère et moi tu veux dire ! Ce n'est pas tes dix heures de cours par semaine et tes cinq mois de vacances annuels qui ont dû t'achever !

-Non mais je te dis, ce stage en marketing dans la boîte de Jean-Luc c'est sympa mais ça va contrarier mes plans. En admettant que je commence dans quinze jours, si je fais deux mois ça va m'emmener à début Août.

Tout en faisant les cent pas dans son bureau, il nous enferma à clef.

-Et quels étaient tes plans ?

-Je voulais faire une surprise à Manon, l'emmener aux Seychelles pour la demander en fiançailles vers la mi-juillet, elle a déjà réservé sa deuxième et troisième semaine du mois.

-Les Seychelles ? Très bon choix ! Ça va coûter combien cette affaire ?

-J'ai vaguement regardé mais on va être autour de dix mille euros, pour avoir un truc correct j'entends.

-D'accord, je suis d'accord pour que vous partiez aux Seychelles, dit-il avec un grand sourire.

-Cool ! Merci, je demande à Maman pour qu'elle me fasse le virement ?

-Ah non ! Ah mais je suis bête, j'ai omis de préciser un tout petit détail, dit-il en riant.

-Je t'écoute.

-Vous allez partir aux Seychelles mais avec ton argent.

-Oui j'ai bien compris mais je demande à Maman pour le virement ?

Papa tapa dans ses mains mollement en ricanant, un ricanement tout sauf naturel.

-Vous partirez aux Seychelles avec l'argent de Gabriel, et Gabriel c'est toi, c'est plus clair ?

-Oui, dis-je en réfléchissant avant de réaliser, mais où je vais le trouver cet argent ?!? Je n'ai pas assez, comment je fais si vous ne me donnez plus rien ?

-Ah ben ça c'est une excellente question ! Tu pourras la poser à tous les jeunes de ton âge qui n'ont pas la chance d'avoir des parents aux revenus confortables !

-Mais Papa, vous ne pouvez pas me faire ça !

-C'est horrible je sais. Mais ces dix mille euros, il va falloir les trouver. Tu fais ce que tu veux, tu cumules trois jobs, tu travailles le dimanche, tu joues au poker ! Tu fais ce que tu veux mais ton voyage ne sera financé qu'avec tes propres deniers ! C'est clair ?!?

-Ouais mais bon c'est un peu dur quand même.

-Et oui c'est dur, c'est très dur la vie.

Après un court silence, il me raccompagna jusqu'à la porte tel un médecin qui venait d'ausculter son patient, il me serra même la main en me disant : « Bon courage bonhomme ».

Après vingt minutes de route j'arrivai enfin à la villa familiale. Enfin, à l'une des maisons familiales. La principale en fait. Juliette m'attendait. Juliette, ma mère, ne travaillait jamais le jeudi après-midi. C'était son après-midi à elle, pour aller faire un peu de sport ou aller chez le coiffeur et lire au bord de la piscine en été. Le jeudi après-midi elle nous faisait toujours un super truc à manger pour le goûter quand nous étions enfants avec Lola. Lola c'était ma grande sœur, elle avait trois ans de plus que moi. C'était ma grande sœur parce que j'étais devenu fils unique à cause des malheurs de la vie. Je devais avoir quatre ans et demi quand ma sœur chérie commença à se plaindre de maux de tête. Jusque-là rien d'inquiétant. Et puis ces maux de tête qui ne devaient durer que quelques jours s'étaient éternisés. Une, deux, trois semaines et toujours ce marteau dans le crâne qui cognait de plus en plus fort. A l'école, l'institutrice avait même été obligée de la garder dans la classe pendant les récréations parce qu'elle ne pouvait plus affronter la nuisance sonore d'une cour d'école primaire. Et puis elle pleurait Lola, elle pleurait beaucoup trop pour une fille sage qui n'avait pas besoin d'être grondée alors je lui faisais des dessins. Mes feutres esquissaient des maisons et des soleils avec des gens heureux dans les jardins mais elle pleurait encore. Et moi aussi, je m'étais mis à pleurer, parce que je voyais ma grande sœur triste. Elle ne voulait plus jouer, elle ne voulait plus que mes petites voitures de course se garent devant le château de la princesse. Mon petit ourson en peluche qu'elle aimait tant me chiper en cachette ne la faisait plus rêver, elle était déjà ailleurs et j'avais beau lui dire : « Bisou bobo sur la tête Lola » avec mes dents qui manquaient au portail cela n'y faisait rien. Pendant que les médecins se battaient pour trouver d'où venait le mal, mes parents s'étaient arrêtés de travailler, c'était peut-être une des seules fois de leur vie. Ma mère pleurait, beaucoup plus que sa fille et mon père n'arrivait plus à manger, j'étais leur seul rayon de soleil, la seule petite chose qu'ils pouvaient tenir à bout de bras pour se remonter le moral. C'était déjà fini. Tumeur au cerveau. Oui à cet âge-là. L'école, le centre aéré, les amis, personne n'en revenait. Le quartier était plongé dans la tristesse la plus profonde et même nos vieux voisins antipathiques n'en pouvaient plus de déverser leurs larmes le jour de l'enterrement. Le trente décembre, jour de son décès, était devenu un jour férié dans le cœur de mes parents. Au même titre qu'un huit mai ou qu'un onze novembre c'était le jour du souvenir. Mon père et ma mère ne travaillaient jamais ce jour-là. Il fallait respecter la fille adorée. C'était exactement la raison pour laquelle j'avais pu passer vingt-huit années de ma vie sans travailler et sans me faire virer de chez moi. J'étais devenu leur seul enfant et ils ne voulaient pas me perdre mais ce jour-là ça allait peut-être changer. Ma mère m'avait bien accueilli mais j'en étais sûr, mon père l'avait appelé avant que j'arrive et elle m'avait très rapidement confectionné une petite valise.

-Tu seras bien mieux en dehors de la maison pour effectuer ta mission mon chéri.

-Maman ? Je ne peux pas rester là ?

-Non il faut apprendre à se débrouiller, et puis je suis sûr que ton copain Simon sera d'accord pour t'héberger quelques temps.

Simon, j'avais beaucoup de respect pour lui, je le connaissais depuis l'école élémentaire. Sa famille ne roulait pas sur l'or mais sur les routes de France. Du moins son père qui était commercial et qui sillonnait les routes du sud de la France pour vendre des panneaux de signalisations bon marché à des communes.

-Mais Simon il est en coloc Maman et ils sont nombreux et en plus il a sûrement beaucoup de travail entre ses répétitions pour le théâtre et tout ça.

-Comme ça vous serez deux.

-Je ne fais pas de théâtre moi, répondis-je.

-Vous serez deux à avoir beaucoup de travail, dit-elle instantanément.

-J'ai compris. Je crois que j'ai bien saisi le message.

-On se reverra bientôt et tu sais, il faut partir un jour ou l'autre.

On m'avait quand même laissé la voiture et de mon beau quartier de la Torse je devais à présent descendre dans les quartiers normaux moi le brun presque ténébreux avec mes cheveux courts, un peu musclé et un peu bourgeois dans ma chemise. Simon avait accepté de m'héberger sans fixer de date limite directement. Mais, il allait falloir se serrer au milieu des quatre autres personnes qui partageaient la maison.

Week-end au rhum

Simon Schindler, Yannis Belkacem, Martin je ne sais pas comment, un mec avec des casquettes bizarres et moi. Telle était la nouvelle composition de la maison. Simon m'avait abandonné au milieu du salon pour aller répéter dans sa chambre. Je connaissais vaguement Yannis, un mec super sympa qui bossait dans une pizzéria. Il n'était pas très grand et semblait déjà un peu tassé, il avait une bonne bouille et des cheveux aussi noirs que de belles olives. Je savais que cela faisait près de dix ans qu'il était censé reprendre des études mais il rassurait tous les gens qui lui demandaient où il en était d'un rassurant : « C'est en cours ». Quand Yannis avait dû partir pour aller au boulot, j'avais décidé d'aller rejoindre Schindler parce que je sentais que les deux autres molosses de colocataires allaient me bouffer. L'escalier craquant vite grimpé, je voyais déjà se dessiner le contour de la porte de sa chambre. En arrivant près de celle-ci, des bruits suspects m'avaient interpellé. Ce n'était pas du tout calme dans la chambre de Schindler. Il n'avait pas l'air d'être seul. « Oh, oui viens plus près mi amor, tu me rends fou, je crois que je n'ai jamais vécu ça, oh oui ». Cela paraissait vraiment étrange parce qu'il n'avait pas sa voix habituelle. L'oreille collée à la porte, j'étais enfin décidé à le surprendre :

-Je te dérange ?!?

A ma grande surprise cet homme un peu palot aux cheveux à peine bouclés et à la bouille sympathique était tout seul debout avec un papier dans la main et il paraissait surpris de mon entrée fracassante.

-Gaby ! Je bosse ! Laisse-moi un peu !

-Tu…tu bosses ?

J'étais effaré de savoir qu'il était en train de travailler, c'était tellement déstabilisant.

-Mais c'est quoi ce texte ? Vous couchez ensemble pendant les pièces de théâtre maintenant ?

-Le théâtre ? Mais il n'y a pas de boulot dans le théâtre, pas pour moi en tout cas !

-Mais qu'est-ce que tu fais alors ?

-Je …

Il s'assura que la porte de sa chambre était bien fermée.

-J'ai trouvé un petit job de doubleur pour la télévision, j'enregistre ma voix sur des films étrangers.

-Et ce que tu répétais c'était quoi ? Du Woody Allen ?

-Ben non, tu es stupide.

-Excuse-moi mais Woody Allen c'est juste du porno avec un bon dialogue par-dessus.

-T'es débile. Ce que j'enregistre ce sont des films à la noix. Des téléfilms érotiques italiens ou espagnols. Des productions nulles mais qui me paient un peu au moins.

-Et quand tu vas en studio, y'a vraiment une fille qui crie à côté de toi ?

-Ben évidemment, on est un couple mais sans se toucher.

-C'est dégueulasse…

-C'est du travail c'est tout.

-Et du coup ça doit te rapprocher des filles ça non ? Je veux dire, pendant les séances de travail.

-Non c'est comme partout. Pas plus, pas moins qu'ailleurs.

-T'as une copine en ce moment ?

-Qu'est-ce que tu me fais ? Tu veux ma bio aussi ?

-Ça va, je te demande juste.

-Non, c'est fini depuis la semaine dernière, dit Schindler en changeant légèrement de ton.

-Ah merde, t'aurais dû m'appeler c'est fait pour ça les potes.

-De toute façon, c'était une histoire courte, je ne m'étais pas vraiment attaché.

-Un petit truc d'un mois ou deux, non ?

-Non un peu moins. Trente-cinq minutes.

-Trente-cinq minutes ?!? demandai-je surpris.

-Ah non ! Quarante ! Oui, ça devait durer trente-cinq mais son bus est arrivé cinq minutes à la bourre.

-Ouais pour le coup c'était court comme histoire.

Il était comme ça le Schindler, artiste de son état et un peu paumé parfois, un peu décalé du monde. Choper à des arrêts de bus, ce n'était pas donné à tout le monde. Je l'avais laissé se reconcentrer sur son texte et en fait cela avait l'air vachement technique le doublage de téléfilms érotiques. Il y avait le texte, court et pas très élaboré et il fallait respecter les temps entre chaque mot, chaque phrase. Il avait gribouillé d'annotations sa feuille pour essayer de ne pas se tromper pendant l'enregistrement.

J'avais faim mais il ne semblait y avoir plus personne à part Simon et moi. Yannis était parti à la pizzéria pour effectuer son service, et les deux autres étaient sur le point d'aller se coucher. L'un des deux travaillait dans un hypermarché comme magasinier et se levait très tôt et l'autre était éboueur et donc se levait très tôt aussi. Je me sentais intrus un peu, je connaissais ces gens qui n'avaient pas des parents comme les miens mais je les voyais le week-end. Je n'avais jamais encore perçu leur quotidien.

Le soir à table, tout en mangeant un reste de riz aux poivrons, Schindler menait l'interrogatoire :
-Donc du coup, tu dois trouver tes dix mille euros sinon tu ne peux pas emmener Manon en vacances ?
-Exact, tu parles d'une galère.
-Tu les as trouvés.
-Non.
-Je ne te posais pas une question, c'était une affirmation.
-Je ne les ai pas trouvés, tu les as trouvés toi ?
-Oui, tu as juste à vendre ta voiture et tu les as largement.
-La voiture ?!? Jamais ! Non pas la voiture, ce que tu veux mais pas ma Lotus. C'est un cadeau, je ne peux pas faire ça.

-Mais tu ne m'avais pas dit que ton père t'avait dit que tu pouvais faire ce que tu voulais pour trouver cette somme ?

-Si, si. Mais la voiture je ne peux pas. Qu'est-ce qu'elle va se dire Manon ?

-Ah parce qu'elle n'est pas au courant elle ??? me demanda Schindler très surpris.

-Ben non c'est une surprise. Il ne Faudrait pas qu'elle voit que quelque chose a changé, du coup je garde la voiture, en plus une Lotus c'est quand même mythique !

-Ouais enfin bon. N'oublie pas que Lotus c'est une marque de papier chiottes aussi.

Sa blague ne me faisait plus rire, elle était drôle, certes, mais c'était au moins la dixième fois que je l'entendais venant de lui. Il devait aller se coucher lui aussi car une grosse journée l'attendait le lendemain. J'étais donc tout seul à me questionner. Ce défi familial m'angoissait déjà. Je pensais vaguement à m'inscrire au chômage pour toucher un petit quelque chose mais j'ignorais si on pouvait donner un peu d'argent chaque mois à un jeune de vingt-huit ans qui avait pour seule expérience professionnelle le ramassage des feuilles dans la piscine de ses parents et le fait d'avoir gardé quelques fois une petite cousine.

Le lendemain, dès l'aube, vers neuf heures et demie environ, la maison était déjà déserte. Tout le monde était au travail en ce vendredi et moi il fallait que je m'y mette. Je ne savais pas quoi faire, je glandouillais sur le vieux canapé du salon. La vieille télé tournait avec un reportage sur les sans-abris sur une chaîne d'info en continu. Une idée me vint alors, une idée simple. J'analysais, j'étudiais lentement le phrasé et la posture des clochards que je voyais.

Dans la chambre de Schindler il y avait des chaussures sales, trouées, une n'avait pas de lacets et l'autre était en train de perdre les siens au fil des jours. Ces chaussures je les connaissais, c'était celle qu'il utilisait pour aller à des soirées pas très classes. Elles ne craignaient plus rien et c'est pour cela qu'il s'était décidé à les garder. Il ne me restait plus qu'à trouver un vieux pull et un pantalon moche. Encore une fois, je pouvais remercier Schindler, une grande partie de sa garde-robe correspondait exactement à ce qu'il me fallait. Ce n'était sûrement pas très réjouissant pour la fiabilité de son style vestimentaire mais cela m'arrangeait. Mes cheveux bruns recouvrant légèrement mes oreilles et mon épi matinal étaient parfaits, on aurait pu croire que je venais de passer la nuit dans la rue. Il ne me manquait plus qu'à trouver un spot pour aller faire la manche. L'idéal aurait été un lieu très passant mais pas trop. Il fallait que personne ne me reconnaisse. Je m'imaginais déjà faire les gros titres des journaux. « Le fils d'un riche industriel surpris en train de mendier dans la rue ». Non, il fallait éviter ça. Le quartier de Sciences Po semblait être le meilleur choix. Les étudiants ne pouvaient pas être insensibles devant la misère humaine. En plus, il y avait une paroisse juste à côté, ça sentait bon le ramassage de deniers.

Je le sentais bien, je m'étais garé avec ma Lotus à quelques rues de là pour ne pas être démasqué. En plus la paroisse, dont je venais de retrouver le nom, portait la belle appellation de Paroisse Saint-Sauveur. C'était comme un signe, les petites pièces que l'on allait me donner marquerait le début de mon sauvetage financier. Il y avait quelques passants mais ce n'était pas la folie et je commençais à sévèrement crever de chaud avec mon pull. A dix heures et demie du matin, un homme visiblement pressé m'avait donné vingt-centimes, certainement pour s'en débarrasser et se donner bonne conscience par la même occasion. Un cinquième d'euro récolté en un quart d'heure ce n'était pas cher payé. C'était loin les Seychelles, très loin. En plus, un barbu costaud, sale et étrange me jetait un regard assez atypique. Dans ses yeux je n'arrivais pas à savoir s'il voulait dire : « Je souffre » ou alors : « Je vais te péter la gueule ». Il s'approcha et un vent de rhum souffla sur mes cheveux imparfaits.

-Va hein oh c'est non !

Je n'avais rien compris à la première phrase de mon, désormais, collègue de travail car il faisait la manche lui aussi.

-Ce n'est pas ça, attention ne reste pas, tu attends.

J'avais eu une folle envie de lui faire répéter ses propos mais j'avais très peur qu'il s'énerve.

-Ce n'est pas chez toi ici !

Ah ben voilà ! Là au moins j'avais compris ! Il n'y avait pas de problème, je pouvais changer d'endroit, je ne voulais surtout pas m'embrouiller avec mon presque nouveau milieu. Alors que je m'apprêtais à partir avec la démarche brouillonne du néo-clochard qui toussote légèrement et se recoiffe le barbu m'attrapa par le col et me plaqua contre le mur.

-Tu comprends quand je te parle ?!? Je t'ai dit qu'il fallait plus que tu traînes ici, ce sont mes clients, c'est ma rue !

J'ignorais complètement que le fait de mendier dans la rue était devenu un vrai business aujourd'hui, c'était tout juste s'il ne fallait pas louer un emplacement sur le trottoir. Pour faire bonne figure, j'avais décidé de lui filer l'euro qui dormait au fond de la poche du pantalon de Schindler. Je tenais à m'excuser alors que c'était lui qui m'avait quasiment molesté, mais j'avais peur, tant pis. Il prit mon euro tout en continuant à m'engueuler, en répétant inlassablement que ce n'était pas ma rue, et d'un coup son regard s'apaisa. Il avait la parfaite gestuelle du chef d'orchestre qui s'apprête à s'élancer. Il chuchota :

-Prête-moi ta chaussure.

Lentement et complétement rassuré je lui donnai donc la gauche. Il la regarda, il cherchait certainement la référence pour s'acheter la même, puis il la caressa comme on pourrait caresser un chat sous mes yeux complétement paumés et qui n'y comprenaient plus rien. Il se concentra ensuite sur la chaussure, on aurait dit un voyant. J'avais vraiment l'impression qu'il allait me lire mon avenir puis d'un geste simple et anodin il lança la chaussure en arrière sur la rue piétonne. C'était le même geste que celui que l'on fait lorsque l'on balance une pièce dans la fontaine de Trevi. Il faisait ça bien, ce mec que je ne connaissais pas avait quand même balancé ma chaussure en plein milieu de la rue et il avait bien pris soin de m'endormir un petit peu avant pour que je ne puisse pas m'énerver. De toute manière je ne voulais pas m'énerver contre lui, je perdais d'avance si je devais me frotter à lui. En une expiration de la bouche il pouvait m'envoyer en coma éthylique grâce à son haleine de rhum bon marché. J'avais donc répondu favorablement à son invitation. Une invitation à quitter les lieux sur le champ et je m'étais retrouvé assis dans une petite ruelle parallèle à regarder les gens passer. Je balançais lentement ma tête de droite à gauche pour montrer que j'étais exténué, que j'avais besoin de sous. Une belle femme d'une quarantaine d'années s'arrêta à mes côtés et me raconta son histoire en deux minutes chrono, elle et son mari étaient arrivés du Cameroun à l'âge de dix-neuf ans et avaient réussi à poursuivre leurs études en France. Elle, rêvait de travailler dans une banque. Lui, voulait à tout prix devenir dentiste. Ils y étaient arrivés et après avoir vécu de nombreuses années d'études dans la précarité ils avaient su ne pas oublier les gens qui dormaient dehors. Elle s'excusa en me disant qu'elle devait y aller et elle ouvrit son porte-monnaie. Il y avait du cinquante, du vingt, beaucoup de vingt euros, mes yeux pétillaient même si j'étais gêné de prendre de l'argent à des gens. Finalement, elle posa délicatement dans ma main un billet de dix euros, le plus petit billet de son porte-monnaie, celui que je n'avais pas vu au premier regard. C'était déjà un bon début même si cela aurait pu être cinquante euros.

Quand midi arriva, c'était décidé, ce serait pizza ! Et avec un petit dessert pour me détendre après cette matinée de dur labeur. Je n'avais pas l'habitude de regarder les prix au restaurant, il fallait le faire à présent. Je ne comprenais pas, même avec une pizza de base, un petit dessert et une petite bière j'explosais déjà ma paye de la matinée. Avec quatorze euros et quarante-huit centimes de budget, j'étais trop court. Il fallait aller manger ailleurs, et le « ailleurs » le plus proche ce jour-là c'était chez Bibi. Bibi proposait contre un peu de monnaie des sandwichs à toute heure, des pâtisseries et aussi des boissons. Je ne voulais pas claquer toute ma thune dans cette sandwicherie qui était très amie avec les étudiants de Sciences Po mais seulement le midi. C'était le rush, c'était ordonné mais ça gueulait quand même, dans la petite boutique ouverte sur la rue, il fallait crier pour commander, ensuite il fallait payer et puis attendre sa marchandise. Ça bousculait, c'était pénible comme ambiance. Je n'avais pas compris que les sauces étaient en supplément et du coup, avec mon saucisse-frites et mon Perrier je dépassais déjà les six euros. Je devais trouver trente-centimes dans mes poches tout en tenant le sandwich et la canette. Je devenais équilibriste, presque funambule mais j'avais du mal à mettre mes mains dans les poches. Au bout de quinze longues secondes, une main anonyme donna les trente centimes à ma place. En me retournant, j'avais eu un vent glacial dans le dos, c'était le clochard qui avait tenté de m'étrangler plus tôt qui m'avait avancé l'argent. Il avait décuvé je pense, ses idées avaient l'air plus claires et ses yeux aussi. Il marcha avec moi jusqu'au banc le plus proche. En s'asseyant, il me posa la question classique.

-Qu'est-ce que t'as fait pour en arriver là ?

-Pardon ? avais-je demandé.

-Tu t'es fait licencier ou pas ?!?

-Ah oui pardon, non ma femme m'a foutu à la porte et je n'avais pas de boulot.

-Le coup classique quoi. En général quand le boulot se barre, la femme et les gosses suivent juste après !

-A qui le dîtes vous, dis-je en souriant.

-Ben à toi !!!

-Non mais c'était une expression, bon ce n'est pas grave. Et toi ? Pourquoi tu es à la rue ?

-J'ai tué deux gosses, dit-il en me regardant avec des yeux de pervers.

-Ah …

-Mais non je déconne ! Je bossais comme chauffeur routier, j'ai eu un accident. Je ne peux plus travailler, j'ai même un certificat pour ça. Pas de chance.

-Mais tu ne touches pas une pension ? Ou un peu d'argent … C'est quoi ton prénom ?

-Oui mais une pension trop faible et mon prénom c'est Mirabelle.

-Tu t'appelles Mirabelle ??? demandai-je étonné.

-Mais il me croit ce con en plus ! dit-il en riant. Je m'appelle Denis et ouais même pour mon prénom je n'ai pas eu de chance.

-Oh ça va Denis ça passe encore.

-Ouais tu parles ! C'est horrible, ça fait Denis. « De » et « Ni », ça fait tout rikiki. Ça fait idiot du village plus qu'autre chose. Tu t'appelles comment toi ?

-Moi c'est Gabriel, Gaby.

-Ca le fait ça ! Ca le fait ! Ça fait un peu mec issu d'une famille bourgeoise. Tu viens d'où à l'origine ?

Je cherchais un nom de ville froide, pas très classe et j'avais balancé au hasard :

-Saint-Maur et toi ?

-Saint-Maur ? A côté de Paris ? Et ben t'es parti de très haut quand même ! T'es un peu un cador, à moins que…Tu viens de quel Saint-Maur ? Celui à côté de Châteauroux ?

Par déduction, j'avais opté pour celui qui se trouvait à côté de Châteauroux, il était certainement moins bourgeois.

-Oui, Châteauroux exact.

-On est voisins ! Je viens de Rilly-sur-Loire, ce n'est pas si loin, c'est vers Amboise !

Amboise, Amboise, je connaissais un mec dans mon école de commerce qui s'appelait Ambroise mais à part ça rien.

-C'est vers où Rilly ? Vers Saint-Etienne non ? avais-je curieusement demandé à Denis.

-Oh là là…

-Quoi ? Saint-Etienne c'est bien dans la Loire donc Rilly-sur Loire…

-Mon petit gars la Loire c'est long si tu savais ! Et puis Amboise ! Ne me dis pas que tu ne connais pas Amboise à coté de Tours ! Les châteaux de la Loire, ça ne te dit rien ?

-Oui, tout à fait, c'est vrai !

Il était sympa, enfin plus sympa qu'il en avait l'air, enfin plus gentil que le matin même. Mais bon, cela n'allait pas devenir un pote pour autant. C'est égoïste mais j'avais déjà mes copains à moi, donc plus besoin de faire d'efforts pour en chercher. J'en avais déjà assez de cette matinée, une matinée à faire la manche dans la rue. J'avais salué Denis en prétextant que je devais aller rendre visite à mon supposé frère. Il ne devait pas venir, on se connaissait à peine et rien que le fait de dire que l'on doit partir pour aller voir un membre de sa famille devait stopper n'importe qui, même les personnes les plus collantes. Mais cela n'effraya pas Denis qui m'accompagna tout en continuant à discuter. Il ne m'avait pas dit : « Je t'accompagne » mais il m'avait fait comprendre qu'il n'était pas près de me lâcher. J'avais beau lui serrer la main tous les dix pas, rien n'y faisait. Il répétait sans cesse : « C'était un plaisir, à la prochaine camarade ! » et continuait à me suivre. Alors que je cherchais mes clés de voiture dans ma poche, il avait eu pour idée de remettre délicatement l'enjoliveur de la Clio rouge garée juste devant moi en donnant des grands coups de godasse. Je m'étais arrangé pour vite monter dans ma Lotus pendant ce court moment de répit en balbutiant un rapide : « Allez salut ». Le bruit de l'accélération de la voiture fit sursauter Denis et dans le rétroviseur je vis pendant quelques secondes son visage qui était subitement redevenu enfantin, la bouche grande ouverte et les yeux prêts à atteindre la taille de balles de ping-pong. Bon c'est vrai que cela avait dû être brutal, un mendiant en Lotus c'était aussi inattendu qu'un président de la République en Scooter. Ce n'était pas banal mais ça avait le droit d'exister, c'était le principal.

Il devait être quinze heures environ et j'avais déjà fini ma journée de travail, j'attendais les autres à la maison. Je savais que ce week-end là je ne verrai pas Manon. Elle allait voir une partie de sa famille je ne sais plus où, une de ses innombrables Tatie. Deux de ses cousins parmi la vingtaine qu'elle en comptait. Il fallait donc vivre sans elle le temps d'un week-end et je savais que les vendredis soir à la maison étaient généralement animés. Le truc qui m'angoissait de plus en plus était de laisser la voiture dehors. Il y avait bien une petite cour pour ranger les véhicules des colocataires mais il ne restait plus de place pour la Lotus. La Renault Nevada break grise de Schindler avait sa place réservée tout comme la Ford Mondéo de Yannis et l'espèce de Fiat bizarre d'un autre membre de la coloc. Yannis était bien là. Il avait une activité professionnelle très difficile, il travaillait dans la restauration. La difficulté de ce métier c'est que l'on a l'impression d'y être tout le temps. Les midis et les soirs. Tous les jours sauf le dimanche et le lundi midi. Cinq jours et demi par semaine la tête dans les pizzas ou la tête dans le guidon du scooter qui lui servait à faire, de temps à autre, des livraisons. Dans la pizzéria où il bossait, personne n'avait de rôle précis. Tout le monde devait être polyvalent, c'était plus qu'un conseil, c'était une norme. Ne sachant pas trop quoi faire, j'avais accepté de l'accompagner au supermarché. Il nous fallait deux bouteilles de Rhum et deux bouteilles de Whisky. Un mauvais Whisky afin de pouvoir le mélanger avec du coca et un bon pour pouvoir le savourer. Evidemment il nous fallait aussi une cinquantaine de bières pour affronter le quotidien. Et côté solide, aucune règle n'avait été établie. Cacahuètes, chips ou olives, c'était à la guise de l'imaginaire.

En arrivant aux abords de l'hypermarché, j'avais demandé à Yannis pourquoi il voulait se garer en retrait à côté des poubelles alors qu'il y avait beaucoup de places disponibles tout proche du supermarché.

-Il ne t'a rien dit Martin ?

-Martin ? C'est qui Martin ?

Devant mon visage visiblement bouleversé, il éclata de rire. Ce fameux rire communicatif qui me fit donc rire dans la foulée.

-Martin le coloc, il aurait dû te dire que les courses du vendredi aprèm c'est un peu spécial.

-Un peu spécial ?

-En fait, ces courses sont gratuites mais elles nécessitent un minimum d'organisation.

-On …On va aller braquer là ?!? demandai-je terrorisé.

Yannis éclata de rire encore et ponctua par un : « Vanne l'autre ! ». Son rire était vraiment contagieux.

-On attend juste Martin qui bosse ici. Normalement il met de côté ce qu'il nous faut.

Yannis s'extirpa d'un coup de la voiture à la vision d'une silhouette. Je croyais reconnaître le fameux Martin. Il était en train de poser deux bouteilles en verre derrière des cartons qui débordaient des poubelles pas assez contenantes. Yannis les récupéra et fit mine de ne pas connaître Martin. C'était très rapide et il ne fallait pas se faire remarquer. J'étais dehors en train d'observer les poubelles lorsque Martin me jeta un carton sur le ventre d'un coup sec tout en criant : « Défectueux ! Poubelle ! ».

Yannis accourra aussi tôt, en me voyant mettre réellement le carton à la poubelle.

-Non la poubelle ce n'est pas là !

Il me fit vite comprendre qu'en fait la poubelle désignait le coffre de sa voiture car ce carton nous était en fin de compte destiné.

-Mais il n'est pas défectueux ce carton pourtant ?

-Mais si, il est un peu abimé. Martin y a mis un coup de cutter.

-S'il s'appliquait un peu aussi ! m'exclamai-je.

-Gaby, il a fait exprès de mettre le coup de cutter, comme ça il invalide le carton.

-Ah ce n'est pas idiot en fait !

-Tu vois on est intelligent les « gens du peuple ». Ça fait un carton de plus à la poubelle, enfin dans ma Ford.

-Ouais, enfin la seule chose qui différencie une Ford Mondéo d'une poubelle c'est l'autoradio !

Il afficha un visage triste voir vexé en un éclair de seconde puis souffla légèrement et éclata de rire. De ce fait j'avais éclaté de rire moi aussi. Tout en niant de la tête il s'exclama :

-Ah tu es con Gaby !

Les surprises étaient loin d'être terminées pour la journée. Yannis m'avait avoué qu'il y avait un autre colocataire dans la maison. Ce colocataire répondant au doux nom d'Astazia. Tout en déchargeant nos récentes courses je bombardais Yannis de questions. Je ne comprenais pas, « Astazia » cela ressemblait plutôt à un nom de fille ou à un nom de vieux logiciel.

-C'est un colocataire qui ne vient pas souvent ? C'est quelqu'un qui partage son temps entre ici et ailleurs ?

Yannis ne répondait à aucune de mes questions et il avait fini par me prendre par la main pour me trainer au fond du jardin mal entretenu, il m'emmena exactement à l'endroit où l'on ne va jamais. Un espace d'environ un mètre de large entre l'un des murs moches de la maison et le grillage des voisins.

-Astazia ! Je te présente Gabriel !

Je ne réalisais pas tout à fait ce qui était en train de se dérouler.

-Mais Yannis ! C'est un âne ! dis-je surpris.

-Et alors ! Il est de bonne compagnie l'âne Astazia !

-Je ne sais pas, peut-être, lui dis-je naïvement.

Je me demandais comment allait évoluer la façon de penser de Yannis lorsqu'il aurait bu quelques verres de Rhum. Je n'avais pas été déçu du fait de m'être posé cette question. Même si j'étais aussi bourré que lui, non pas bourré de talent mais bourré comme peut l'être un flic après le petit déjeuner, j'avais eu du mal à mettre des mots sur ce que j'avais vu. Il y avait eu devant moi un T-shirt Superman qui s'était mis sur le corps de Yannis, pile à l'endroit où un T-shirt doit normalement habiter d'ailleurs. Les lunettes contrefaites orange de ce néo-Superman lui paraissaient utiles dans la nuit qui s'installait. Yannis criait, il était prêt à engueuler un buisson qui le regardait mal ou à casser la gueule à un éventuel arrosoir qui aurait pu se trouver sur son passage. Je l'avais suivi, à la fois pour le protéger d'un éventuel mauvais acte alcoolisé qui aurait pu mettre en danger sa sécurité mais aussi un peu pour me marrer. Il entra alors dans le salon et s'étala sur le canapé. Je lui fis remarquer que ce canapé, qui composait la flotte des trois canapés de la colocation, était assez mou et désagréable parfois.

-Gaby ! Gaby ! s'exclama-t-il.

Je pensais qu'il allait dire une connerie mais il eut un instant de lucidité :

-Je te jure, la semaine prochaine je fais les papiers pour reprendre mes études.

J'étais presque impressionné qu'un homme aussi imbibé que lui soit capable de sortir une phrase aussi complexe et improvisée que celle-ci. Mes potes étaient des génies en fin de compte, des gens incompris de la société moderne, peut-être que le talent allait enfin être reconnu après leur mort comme les Van Gogh et autres.

L'art et la lanière

En me couchant tôt, aux alentours de six heures du matin, dans la chambre de Schindler je ne savais plus où j'étais, ce défi familial m'angoissait. Je me demandai même si la bonne solution ne serait pas d'arrêter et d'emmener Manon pour une journée dans l'arrière-pays Aixois qui n'avait rien à envier aux Seychelles.

La nuit n'avait pas eu d'effets. J'en étais au même point que le jour d'avant. Perdu, indécis devant ce défi irréalisable. Mes yeux s'étaient braqués sur le calendrier de Schindler. Il y avait des dates avec des jours de semaines, des mois et des jours fériés et puis des croix sur certains jours de l'année, des croix pas du tout régulières. Parfois il y en avait deux ou trois sur le même jour et pendant deux mois il n'y avait plus rien et ça repartait. Schindler dormait comme un nouveau-né dans la chambre et il fallait absolument que je le réveille. D'abord pour lui demander ce que foutaient ces croix sur son calendrier et aussi pour qu'il me prête ses clés de voiture car je devais aller récupérer quelques bricoles chez mon oncle non loin de là et je préférais salir une voiture déjà sale plutôt que la mienne. J'avais beau hausser le ton tout en chuchotant rien n'y faisait, il dormait à poings et yeux fermés. Il fallait que je hausse le niveau alors je le secouais tout en lui grattant les cheveux.

-Sim…Simon passe-moi tes clés de bagnole ! Elles sont où ?

-…Laisse-moi …

-Dis-moi où sont tes clés de voiture !!! Je te remettrai de l'essence…si j'y pense…

-…Quoi !!!

-Pardon, je te remettrai de l'essence pour de vrai.

Il avait bondi d'un coup mais il était quand même perdu géographiquement dans sa chambre car le réveil avait été brutal, il était passé de l'état de quasi mort cérébrale à un état de chef diplomatique gesticulant dans tous les sens.

Je lui avais répété que j'étais en train de déconner, j'allais lui en remettre de l'essence et il avait gueulé :

-Jamais, jamais, c'est ma voiture ! Si tu la veux il va falloir que je te conduise !!!

-Pas de problème, mais si tu veux dormir tu n'inquiètes pas je la prends et tu restes ici.

-Non ! C'est à moi, c'est la mienne ! Et tu fais gaffe à ce que tu dis !

-Mais ça va j'ai compris !!! Allez on y va !

-Des questions ? demanda-t-il après s'être subitement levé.

-Non monsieur, ah si ! Ce calendrier, c'est quoi ?

Ce bonhomme n'était pas bien réveillé et décidément je sentais que le tour du monde des alcools dans sa tête et dans son haleine ne s'était pas encore achevé. Quand il me parlait, je ne savais plus trop si c'était l'Ecosse en lui ou tout simplement la bière hollandaise et j'attendais toujours la réponse à ma question.

-Ce calendrier c'est le …

Je m'attendais vraiment à une explication sérieuse de sa part, et je plissais les yeux et mettais ma bouche en cul de poule pour montrer que j'étais très concentré.

-C'est un calendrier contenant…les chiffres des dates, les mois des chiffres, et les dates des mois …en chiffres.

-Ah ouais d'accord…mais ces croix sur les différentes dates, qu'est-ce que c'est ?

-Ce sont…ces croix me permettent d'évaluer mon activité annuelle …monsieur.

-Mais c'est-à-dire ? C'est le nombre de textes que tu bosses ? Tes castings peut-être ?

-Non c'est quand je baise, dit-il naturellement.

-Pardon ? dis-je un peu choqué.

-Les croix, c'est à chaque fois que je …voilà j'en mets une. Comme ça après je fais des statistiques et je peux voir les périodes creuses et tout ça, tu devrais essayer toi avec Manon.

-Ca ne va pas ! lui dis-je très sérieusement. Non ce n'est pas possible, on ne chiffre pas l'amour comme ça, c'est malsain !

-La vache ! Quand tu bois toute une nuit tu deviens vachement poète le matin !

-Mais non qu'est-ce que tu racontes ?!? Allez, on y va ! En route !

46

Dans la voiture, Schindler me raconta sa nuit agitée avec sa conquête qu'il avait affectueusement surnommé « Le baril », il songeait réellement à arrêter l'alcool, pas pour sa santé, mais juste pour arrêter de choper tout et n'importe quoi comme il disait. Il était très concentré, il développait ses idées et son argumentation était pour une fois presque passable.

-Non mais sérieux Gaby ! J'ai trente ans dans deux dizaines de mois et j'en suis encore au point de boire et d'attraper n'importe qui, il va falloir que je commence à vraiment m'engager.

-Pour une fois, je suis d'accord avec toi ! Tu vois dans la vie, vaut mieux s'engager avec une fille plutôt que dans l'armée. Personnellement je préfère qu'une voix douce me gueule dessus plutôt qu'un lieutenant.

-Je t'avais dit que tu étais poète après avoir bu !

-Moi ? Mais non on discute là, il n'y a pas de poésie.

-En tout cas je crois que j'ai trouvé le moyen pour ne plus choper de moches.

-Quel moyen ? demandai-je.

-Soit il faut arrêter de boire ou soit il faut arrêter de fréquenter des moches !

-Ce n'est pas bête ça mais je pense que la deuxième solution sera la plus efficace !

Devant la maison du Tonton Bernard ce n'était pas l'effervescence des grands jours. Personne ne travaillait et beaucoup de cartons et de meubles étaient dehors, prêts à être mis dans le camion de location. Le deal avec l'oncle était simple : « S'il y a des choses qui vous intéressent dans le garage prenez les sinon je balance tout ! ». Ces néo-retraités s'apprêtaient à vendre leur bâtisse. Le garage devait faire au moins cent-cinquante mètres carrés et à son âge un peu avancé il avait eu le temps, avec ma tante Eliette, d'entasser tellement de choses utiles ou inutiles dans ce garage. Il y avait des partitions de musique qu'utilisaient mes cousins quand ils étaient plus petits. Des vieux livres d'école datant des années où avoir la radio chez soi était signe de richesse. Les trente-trois et autres quarante-cinq tours débordaient des cartons qui leur étaient destinés. L'oncle et la tante en avait une impressionnante collection qu'ils avaient pu amasser tout au long de leur carrière dans la restauration. Certains de ces enregistrements leur avaient été remis en mains propres par des vedettes de l'époque venues casser la croûte chez eux. Tous les plus grands cohabitaient dans les mêmes mètres carrés. Jacques Brel, Aznavour, Edith Piaf pour la plupart dédicacés. Il y avait même des sketchs inédits de Coluche. J'avais commencé à embarquer tous ces cartons dans la Nevada break de Schindler et il s'interrogea, il ne comprenait pas pourquoi je m'intéressai subitement à cette musique et il ajouta qu'il ne possédait pas de tourne-disque chez lui.

-Mais moi non plus je n'en ai pas ! Mais imagine un peu pour un fan ! Tomber sur « Ne me quitte pas » de Brel, tomber sur ce vinyle qui a traversé les époques, on peut se faire de l'argent avec ça !!!

-Mouais, va falloir bien chercher alors. Et dis-moi, avec tout ce que t'embarque tu comptes monter une antenne du Louvre chez nous ou pas ?

-Mais non ! Mais on prend et on triera ! De toute façon si on ne prend rien ça finira à la poubelle alors il vaut mieux analyser et balancer après si jamais !

-Je te jure …

-Quoi encore !

-Je te jure que l'alcool ça te rend poète, organisé, c'est génial ce que ça peut faire sur toi.

-Mais que t'es con ce n'est pas possible ! Je suis normal, c'est juste que t'es en QI négatif aujourd'hui.

-Ouais remarque, t'as peut-être raison.

-Bon allez tu m'aides Schindler ?!? Je vais aussi prendre les revues datant de la première guerre mondiale. Dans les maisons de retraite ça va cartonner ça !

C'étaient des grandes pages collées entres elles avec des pubs dessinées à la main. Des réclames pour de l'alcool, des cigarettes, c'était comme de la science-fiction mais à l'envers dans le temps. Cela donnait au canard une allure hallucinante et tout à fait authentique. De quoi ravir les profs d'histoire retraités qui allaient nous acheter ces exemplaires !

C'était la gloire ou plutôt la fortune assurée, l'oncle Bernard et la tante Eliette possédaient des trésors dans leur garage et Schindler et moi-même en avions hérité. Dans la Nevada break presque pourrie de mon acolyte je me sentais revivre, j'avais vraiment l'impression que les Seychelles me saluaient au bout de la rue. Le sourire refaisait son apparition sur mon visage mais je me posais une question étrange. Schindler se grattait intensément, ça le démangeait entre son bras et sa clavicule et lorsqu'il soulevait petit à petit son T-shirt sur son épaule je voyais apparaître quelque chose d'étrange. Comme un tatouage qu'il m'aurait caché ? Mais ce n'était pas possible, étant son ami il m'aurait parlé d'une éventuelle incision encrée dans sa peau ?

-T'es tatoué Schindler ? lui demandai-je alors que nous roulions.

Il n'avait pas voulu me répondre alors j'avais ajouté :

-Il a l'air pas mal ton tatouage Simon, qu'est-ce que c'est ?

Il ne trouvait toujours pas l'envie de me répondre. C'était comme des gros points noirs en cercle qui étaient dessinés sur sa peau, pour tout dire cela me surprenait.

-Simon ! T'es tatoué !!!

-Et alors ! T'es ma mère pour me faire de tels reproches ?

-Non je suis juste ton ami.

-Bon, d'accord, ça va comme ça, je m'explique.

-Ah non tu fais comme tu veux ! Allez d'accord explique moi !

Il me montra l'intégralité de son tatouage d'un coup et celui-ci me dit vaguement quelque chose. Cela ressemblait à un logo.

-C'est le logo « Fred Perry » que tu t'es fait tatouer ?
demandai-je.

-Bon, tu sais, le théâtre, la comédie et toutes ces choses-
là, ce sont des milieux difficiles où l'on est obligé de
travailler à côté si l'on veut s'en sortir.

-Et du coup ?

-Tu te rappelles, il y a deux ans, j'étais vendeur de
fringues chez Fred Perry et je voulais, enfin je visais le
CDI et du coup…

-Oui du coup ? demandai-je pour le presser.

-Ben du coup je ne vais pas te faire un dessin ! En plus il
est déjà sur mon bras…

Il inspira un grand coup exactement comme s'il voulait
me faire une déclaration d'amour, mais avec lui il n'y
avait pas d'ambiguïté, ma poitrine n'était pas assez
généreuse pour le satisfaire.

-Je voulais juste faire bonne impression auprès de ma
direction ! s'exclama-t-il. Je voulais juste qu'ils sentent
que je m'intéressais à l'entreprise donc j'ai fait ce
tatouage.

-Non mais tu fais ce que tu veux… C'est juste con que ne
t'aies pas été vendeur chez Lacoste.

-Pourquoi tu dis ça ?

-Parce qu'entre nous, un crocodile tatoué sur l'épaule ça
fait quand même vachement plus viril qu'une couronne
de fleurs !

-Ah ah ! Ben en tout cas toi t'aurais pu obtenir un CDI en
tant qu'auteur de blagues chez Carambar vu ton niveau !

-Je ne blague pas. Je te conseille, je donne mon avis c'est tout.

Schindler avait quand même très mal joué son coup, se faire graver la peau à vie pour un pauvre boulot, quel dommage. En tout cas j'avais hâte que le trajet se termine car la vieille Renault tremblait comme un Parkinsonien très mauvais en rythme.

Une fois le moteur coupé, une autre épreuve allait débuter, il fallait fermer correctement les portes. Un jeu d'enfant lorsque l'on possède une voiture, un calvaire savamment orchestré lorsque l'on possède une Nevada. Il fallait vérifier et revérifier chaque portière afin de satisfaire mon Schindler qui prenait soin de sa Nevada comme si c'était sa fille. Finalement il jeta l'éponge car l'alcool plus tout à fait frais qui gigotait dans son corps lui faisait du mal, il me chargea de finir de débarrasser la vieille automobile de ses cartons et de refermer à nouveau toutes les portières. C'est à ce moment-là que mon portable vibra :

-Oui mon cœur, ça va ? demandai-je.

A des dizaines de kilomètres de là et pourtant collée à mon oreille Manon avait une petite voix enrouée. On aurait dit une fusion des cordes vocales de Mark Knopfler avec celles d'une charmante dame. Elle me racontait qu'elle était allée dans une source d'eau très froide et qu'il y avait des touristes allemands qui faisaient baigner leurs petits dans cette eau gelée.

-Tu te rends compte Gaby comme ils sont résistants au froid ! C'est incroyable ! dit-elle tout enjouée.

-C'est bizarre parce qu'en général les allemands ils ne sont pas très résistants d'habitude, répondis-je plein de sarcasme.

-Hein ?

-Ouh là, je crois que je viens de faire un four là …

-Ouais bon écoute Gaby, il faudrait qu'on se parle, on peut se voir lundi soir ?

-Lundi soir ça va être chaud vu que …

-S'il te plaît, sois mignon…

-Oui, va pour lundi soir alors, dis-je sans chercher à m'opposer.

Elle raccrocha d'un coup et je ne sus plus trop quoi faire de mes vieilleries que je venais de récupérer. C'était décidé, j'allais prendre un carton de 33 tours avec moi et laisser tout le reste dans la voiture. On verrait plus tard et tant pis pour le sac à dos de Schindler qui allait passer la journée sur la banquette arrière de la Nevada. De toute façon j'avais d'autres choses dans la tête, ce coup de fil étrange de Manon à la fois court et qui sous-entendait tellement de choses, l'amour allait-il disparaître là ? Tout le monde est bizarre de nos jours, on peut aimer à s'en brûler les ailes et le jour d'après tout oublier comme si l'on bradait nos sentiments. Comme si l'amour n'était pas une affaire sérieuse mais seulement un moment doux, agréable et surtout très temporaire pour lequel on pouvait se relever sans difficulté aucune. Le problème venait peut-être de moi aussi, après toutes ces années en couple, pourquoi ne lui avais-je rien proposé de mieux que d'aller au restaurant ? J'avais peur tout simplement, peur que tous ces sentiments construits à la main par deux cœurs anodins ne se détruisent dans l'arène des tâches ménagères. Peur que le fait de se sentir condamné à manger tous les jours avec l'être aimé ne devienne une souffrance tenace et très dure voire trop dure à supporter dans le temps.

La journée allait être calme, c'était la seule certitude que j'avais à ce moment-là, je me demandais déjà pourquoi j'avais chargé la Nevada de Schindler avec toutes ces vieilleries très certainement invendables. Mais j'y croyais, peut-être que les dix mille euros nécessaires pour les Seychelles se trouvaient là. Elle ne savait absolument rien de ce défi, cela allait être compliqué, comment me faire passer subitement pour un mec ultra-occupé sans avoir aucune justification à lui donner ? Difficile, mais il fallait sérieusement commencer à s'y filer. Dans la réunion que j'avais organisée avec moi-même et qui avait comme unique participant moi-même, vu que tous les autres dormaient, les idées ne fusaient pas autant que j'aurais pu le souhaiter. Que devais-je faire ? Je ne pouvais définitivement pas y arriver tout seul.

La déclaration

Schindler était affolé, presque meurtri en ce Dimanche matin, il implorait le ciel afin de retrouver sa Nevada . En effet elle était partie, sans lui et sans son accord non plus. Et le coupable était tout trouvé, c'était moi.

-Gaby ! Je le savais que je n'aurais pas dû te laisser fermer la bagnole tout seul !!! A tous les coups t'as laissé la lanière de mon sac à dos coincée dedans !!! Tu ne te rends pas compte, elle allait passer collection dans quelques temps.

Je ne savais plus où me mettre mais en même temps, s'il avait eu une voiture normale, comme ma Lotus, il n'aurait pas eu tous ces problèmes de fermeture de portes. Et malheureusement pour moi, je pense qu'il avait raison, j'avais dû laisser la lanière de son sac coincée dans l'une des portières du carrosse permettant ainsi à tout voleur, même amateur, d'ouvrir facilement une porte pour avoir le champ libre à tout démarrage inopiné de la voiture, enfin de la Renault pour dire la vérité. En tout cas je voulais vraiment aider mon copain Schindler à se sortir de cette galère et j'étais prêt à lui donner toute mon énergie.

L'enquête provençale s'annonçait corsée. Pourquoi voler une Nevada de nos jours ? Le pays d'Aix était-il entré dans une période de grande misère ? Simon soupirait, il gaspillait son énergie parce qu'il ne savait plus quoi faire alors il s'agitait dans tous les sens, il fallait que je m'excuse, au moins pour faire semblant de m'intéresser un petit peu à son problème.

-Je suis désolé vieux…mais il faut me comprendre, je ne connais pas trop ce genre de bagnole. En plus, tu te rends compte qu'ils ont embarqué tous les trésors qu'on avait ramenés de chez l'oncle et la tante.

-Les ??? Les trésors ?!? Décidément tu ne manques pas d'air mon petit père !

-Oh mais ça va prends sur toi aussi ! Je me suis fait virer de chez moi je te rappelle ! Alors pour une petite voiture on ne va pas en faire un drame !

-D'ailleurs si tu continues ta morale à deux balles tu vas aussi te faire virer d'ici je pense !

Les esprits s'échauffaient peu à peu devant la maison et dans cette joute verbale partie sur les chapeaux de roue il ne manquait plus que Yannis qui venait d'arriver et qui ne savait donc pas du tout ce qui était en train de se passer.

-Au fait les gars il reste des chips ? Je n'en trouve plus du tout, dit-il avant de se rendre compte de la situation atypique. C'est quoi ces têtes d'enterrement ? On a perdu quelqu'un ?

Afin de contrer l'horrible et interminable silence d'environ huit secondes j'avais voulu parler :

-Yannis ce n'est vraiment pas le moment, Schindler a perdu sa caisse.

-Ah ben tant mieux ! J'en avais marre de la voir trainer devant chez moi sa Formule 1 du bled ! s'exclama joyeusement Yannis

A peine Yannis avait pris soin de prononcer la lettre : « D » du mot : « Bled » que déjà Schindler s'était jeté sur lui, il voulait lui faire payer ses propos discriminatoires envers sa Nevada et j'essayai par tous les moyens de les séparer en criant : « Simon !!! Arrête, il déconnait ! ». La partie pleine de gravillons jouxtant la maison ressemblait étrangement à une cour d'école avec deux élèves en train de se chamailler et moi qui avais enfilé le costume de surveillant afin de les séparer.

-Bon ! Ça ne sert à rien de se battre c'est compris ?!? On va aller poser une… faire une déclaration chez les flics et ce sera plus vite fait. On va écrire sur une feuille de papier ce qu'il s'est vraiment passé comme ça on ne sera pas paumés au moment de leur parler.

J'avais ordonné à Schindler d'aller chercher de quoi écrire et de me rejoindre dans sa chambre où je l'attendais. Il était arrivé dix-sept minutes plus tard, je n'avais donc pas affaire à une maison de grands littéraires car la seule feuille qu'il avait trouvée était un demi-verso de facture.

-Bon on va essayer de rédiger un truc un minimum détaillé, dis-je plein de leadership.

-Tu ne veux pas qu'on aille chez les flics directement ? demanda mon binôme.

-Non, il vaut mieux être préparé avant de les affronter, dis-je de manière autoritaire.

A l'écoute de mes propositions Schindler sembla subitement démotivé. Il ne comprenait pas pourquoi je voulais que l'on fasse un brouillon avant d'aller voir la police. Après avoir vaguement rédigé une description très approximative des faits, nous nous étions décidés à trouver une petite phrase très polie afin de conclure, sans savoir pourquoi car il ne fallait pas convaincre les policiers il fallait juste leur expliquer les choses.

-Simon, on est pas mal là je crois. On va juste leur faire une petite conclusion afin d'être bien élevés.

-Je t'en prie.

-Alors on va leur marquer « Nous affirmons que, bien sûr… ». Attends, « Bien sûr » ça s'écrit en un mot ou deux ?

-Je n'en ai aucune idée, demande à Yannis non ? répondit Schindler

-Yannis !!! m'exclamai-je.

Yannis arriva à fond dans la chambre où nous étions installés, il avait dû croire qu'il y avait urgence.

-Oui ! Je suis là !

-« Bien sûr » ça s'écrit comment ? Parce qu'on s'était dit que peut-être ça s'écrivait en deux mots.

-Oui « Peut-être » ça s'écrit en deux mots c'est bien sûr, dit-il.

-Non mais je ne te demande pas « Peut-être », je te demande si c'est « Bien-sûr » …en deux mots.

-Oui, pour moi c'est bien sûr que « Peut-être » ça s'écrit en deux mots, ajouta-t-il sûr de lui.

-Bon laisse tomber, merci quand même, dis-je dépité.

Yannis s'en alla de la pièce un peu perplexe et Schindler me demanda :

-Du coup, qu'est-ce qu'on met ?

-On va mettre : « Evidemment » à la place, je pense que ce sera mieux pour tout le monde, répondis-je dépité.

A peine notre déclaration faite et mal finie, il fallait déjà se diriger au commissariat. Ils étaient sympas de nous accueillir un dimanche, cela devait sûrement être la brigade de garde en ce jour sacré mais au moins ils étaient là et pas sur les routes en train de voler de l'argent à de gentils automobilistes.

Apparemment nous n'étions pas les seuls à avoir eu la bonne idée de nous faire voler notre voiture ce jour-là. Et dans l'attente interminable avant de pouvoir déposer notre déposition, les idées explosaient dans ma tête, il fallait que j'en parle à Schindler.

-Au fait, on n'a pas un mec dans la coloc, tu sais avec les casquettes bizarres, il est pas éboueur ou un truc du style ?

-Si, c'est l'autre là, je ne retiens pas son prénom

-Pourtant vous êtes colocs, tu pourrais retenir.

-Oui ben je ne retiens pas ! s'agaça Schindler.

-Hé ho du calme. J'avais pensé, peut-être que lui a vu quelque chose ce matin pendant qu'il ramassait les poubelles.

-Il ne travaillait pas et de toute façon je ne suis pas sûr qu'il ramasse dans ce quartier.

-Oui mais peut-être qu'il connaît des gens qui travaillaient ce matin et qui donc auraient vu quelque chose.

-Ah ouais ce n'est pas bête ça ! Et comme ça on pourrait faire notre propre enquête ! se ravisa Schindler.

-Et ouais !

A ce moment-là une porte s'entrouvrit, c'était à nous. Il y avait trois policiers, un qui travaillait et deux autres qui surveillaient celui qui était en train de travailler. Et d'ailleurs celui qui était en train de travailler était en fait « celle » car elle avait des cheveux longs et une voix douce.

-Alors, Schindler Simon né le …

-Onze Avril ! s'exclama-t-il comme si on lui avait posé la question dans un jeu télé.

-Merci, mille neuf cent…

J'étais perdu, trop absorbé par ce que se disaient les deux autres poulets en arrière-plan. Le moustachu racontait qu'en vendant bien en un mois on pouvait s'acheter un gros 4x4, mais en vendant quoi ? La réponse était vite arrivée, il s'agissait de drogue, dure ou douce peu importe. Roger, parce que le moustachu avait appelé son collègue par ce sobriquet, disait qu'ils ne savaient plus

61

quoi faire de toutes les quantités qu'ils confisquaient, ils avaient même du mal à détruire toute cette drogue. Il ajouta que les meilleures prises étaient très souvent réalisées autour des lycées par les flics en civil. Du coup, je n'avais rien suivi à la déclaration de Schindler, j'avais été beaucoup plus absorbé par le discours de Roger et de son collègue qui devait sûrement s'appeler Robert car les « Robert » étaient généralement soit flics soit créateurs de dictionnaires populaires. J'avais interrompu le dialogue entre Schindler et la femme flic.

-Excusez-moi, je me demandais, vous saisissez combien de kilos de drogues par semaine à peu près ?

L'assistance resta bouche bée et même Schindler sembla un brin choqué.

-Parce qu'en fait je…je fais une thèse en économie et j'aurais voulu savoir combien…à peu près.

Roger s'approcha de moi, il s'assit délicatement sur le bureau.

-On compte plus monsieur, mais on peut facilement arriver à dix kilos d'herbe rien qu'en fouillant devant les lycées. Et à huit ou neuf euros le gramme croyez-moi que cela pourrait faire une belle somme si on revendait le total.

-Ah ouais, effectivement, heureusement que vous êtes là pour stopper ce fléau, dis-je en fayotant.

Ces paroles m'avaient donné envie, après tout mon père ne m'avait pas fixé de règles particulières. Et puis, devenir dealer quelques semaines c'était beaucoup moins grave que devenir tueur à gages.

« Pas question ! » avait été la réponse de Schindler à la proposition que je lui faisais, devenir de faux flics en civil pour confisquer la drogue aux lycéens.
-Mais on le fait juste une fois et on revend aux gens qu'on connaît ! On peut se faire mille ou deux mille euros facilement, insistai-je.
-Il faut que tu arrêtes ! Ça va mal se passer ! Trouve un vrai boulot et oublie les Seychelles, c'était foutu d'avance !
-Allez s'il te plaît, si t'es mon pote fais-le !
Schindler s'arrêta dans la rue très calme où l'on marchait pour rentrer chez nous.
-Je suis peut-être ton pote mais je ne suis pas fait pour la prison, j'ai une carrière de comédien qui m'attend moi !
-Une carrière ? Elle n'a jamais décollé ta carrière, tu peux bien me donner de ton temps un petit peu.

Et il me donna un peu de son temps. En ce début d'après-midi du Lundi, ça travaillait dur, il nous fallait faire de fausses cartes d'inspecteurs de police. Comme les cartes que l'on pouvait voir dans les films. La couleur était très importante et pour le reste, un bon logo et nos noms écrits de manière sobre allaient suffire. De toute façon les futurs lycéens interpellés ne broncheraient pas devant nous. En deux petits coups d'imprimante c'était plié, il ne restait plus qu'à aller devant le lycée Vauvenargues, à un quart d'heure à pied, pendant la pause clope de seize heures. Avec nos deux visages intransigeants, le genre de visage avec qui il ne valait mieux pas déconner, nous étions parfaits. J'étais content car mon Schindler avait accepté de m'accompagner dans cette nouvelle aventure. Il ne fallait pas traîner car en plus j'avais rendez-vous le soir même avec ma belle pour « parler ». Les premières cibles étaient deux boutonneux d'une quinzaine d'années déjà en chemises et dont les cheveux qui leur recouvraient le front laissaient à penser qu'ils pouvaient peut-être se droguer de temps en temps. En plus ils n'étaient pas très musclés. L'interpellation allait avoir lieu. C'était moi qui étais chargé d'engager la conversation.

-Police ! Bonjour les jeunes, on va procéder à un contrôle inopiné sur la teneur…euh…équivoque de stupéfiants.

-Hein ? demanda un jeune.

-Bon écoutez jeune homme si vous ne coopérez pas ça va mal se passer alors il vaudrait mieux que vous alliez dans notre sens !

La voix qui était en train de dérailler du jeune ado semblait être totalement choquée.

-Mais monsieur je vous jure je ne me drogue pas moi.

-Hé ho on ne vous soupçonne pas les enfants, on respecte les consignes du ministre c'est tout.

-Non mais moi je ne veux pas le faire sérieux, je n'ai rien fait moi je vous jure, répondit le jeune à la voix éraillée.

Je sentais que même en ayant montré ma carte et même en ayant pris mon accent de beauf cela ne marchait pas. Après un court silence Schindler se jeta sur notre « coupable » :

-Bon maintenant tu vas faire exactement ce qu'on te dit, ça ne va pas être long je t'assure !

-Non mais Schindler…euh mon colonel arrêtez ! Calmez-vous enfin ! dis-je paniqué.

-Non, non, il va parler ! On ne joue pas au con avec nous !

L'ami du lycéen que Schindler martyrisait avait pris peur et il m'avait donné un petit pochon d'herbe en hurlant : « S'il vous plaît, me faîtes pas mal …si faîtes-moi mal mais appelez pas mes parents s'il vous plaît ! ». J'avais gardé sa marchandise tout en lui disant que cela irait pour cette fois mais qu'il ne fallait pas que je le recroise. L'autre enfant était plaqué au mur et Schindler le faisait parler, il disait que c'était son pote qui avait tout et que lui n'avait rien, absolument rien. J'avais ordonné à Schindler de le lâcher, de peur qu'on se fasse remarquer. Les autres lycéens semblaient nous craindre à présent, après quelques contrôles infructueux et une bonne demi-heure de calme il n'était déjà pas loin de dix-sept heures et la grande vague des futurs bacheliers endormis allait sortir de l'établissement. Nous étions tombés sur la perle rare, un jeune homme qui trainait des pieds et qui disait tout le temps : « T'as vu » avait de quoi fournir tous les membres de Rolling Stones à la grande époque. Barrettes de shitt, marijuana, champignons hallucinogènes et peut-être autre chose dont nous ignorions l'existence. Le jeune homme était à la vue de tous en train de se faire fouiller par Schindler pendant que j'essayais d'éloigner les autres élèves, il parlait beaucoup avec sa voix traînante de benêt.

-Non mais moi t'as vu, je ne fume pas trop t'as vu et moi ce n'est pas tout à moi t'as vu ?

Et Schindler lui répondait qu'il ne voyait pas et l'autre surenchérissait en disant : « Non mais je te dis t'as vu juste comme ça t'as vu, ce n'est pas pour voir un truc spécial t'as vu » et Schindler répondait : « Non mais je ne vois toujours pas ». Evidemment et heureusement pour le jeune lycéen, ce contrôle n'allait pas entraîner de poursuites judiciaires mais seulement la confiscation de sa marchandise. Tout se passait pour le mieux jusqu'à ce que Yannis pointe sa fraise de l'autre côté de la rue. Je m'étais délicatement caché jusqu'à ce qu'il me remarque. Il leva la main en criant : « Attendez-moi, je traverse ! ». Je n'étais pas franchement emballé par sa présence à cet instant précis. Je l'avais attrapé discrètement pour lui demander ce qu'il foutait là car ce n'était pas sa route et pour lui expliquer que l'on était en « mission » mais il ne m'écouta pas et tout en entamant la baguette qu'il venait d'acheter il s'exclama : « Ah mais qu'est-ce qu'il fait Simon ? Pourquoi vous agressez des gens ? ». Je lui avais chuchoté à l'oreille que l'on était des faux flics et que c'était très sérieux, il ne fallait absolument pas que l'on nous démasque. Il avait acquiescé de la tête et il commença à reprendre son chemin quand tout à coup il gueula : « Hey les policières, venez me fouiller j'ai du shitt sur moi ! ». En voyant l'incompréhension générale des autres élèves et pour paraître encore crédible je l'avais plaqué par terre et lui avais crié à la gueule : « Outrage à agent, ça va vous coûter cher ça monsieur ! », il ne pouvait s'arrêter de rigoler, j'essayai de lui prendre les deux mains pour le maitriser et certains lycéens commençaient à hurler devant ce qu'ils voyaient. Schindler était venu m'aider et c'était surréaliste, Yannis n'en pouvait plus de rire pendant que Schindler criait : « On va l'embarquer, on va le mettre en cellule de dégrisement ! ». Tout commençait à rentrer dans l'ordre quand soudain trois vrais flics arrivèrent à notre hauteur. Là c'était vrai, ils nous tenaient et on devait se laisser faire. J'avais crié : « Les gars ! On est de la maison ! » mais rien n'y faisait. Contrairement aux lycéens, eux n'y croyaient pas.

   Nous nous étions retrouvés au même endroit que la veille mais pour d'autres raisons, pour : « Violences sur la voie publique ». Chacun notre tour il nous fallait répondre à une interview mais malheureusement les questions n'étaient pas énoncées par une charmante journaliste mais plutôt par un fonctionnaire dégoulinant.
-Nom !
-Garvu monsieur.
-Donnez-moi vos papiers on ira plus vite.

-Je ne les ai pas mon général euh monsieur pardon.

-Et ben on est mal barré ! Au lieu d'une nuit au poste on va sûrement prolonger à deux, c'est la maison qui offre !

-Ah ben non là ça ne m'arrange pas, je dois aller voir ma copine pour discuter d'un truc important tout à l'heure.

-Comme c'est dommage, vous lui passerez un petit coup de fil et ne vous ratez pas, vous avez le droit qu'à un essai ! dit le flic un peu moqueur.

-Monsieur on peut s'arranger, dis-je sereinement, je reviens demain pour faire ma nuit au poste, en plus comme ça vous avez quartier libre ce soir. Enfin je dis ça pour vous arranger la vie.

-Il est drôle en plus. Dîtes-moi, Garvu ça me dit un truc, vous êtes de la famille j'imagine ?

-La famille ? C'est-à-dire ?

-Les chevilles Garvu, c'est votre grand-père ou votre père peut-être ?

-Ah euh …non pas du tout, aucun lien.

-C'est dommage j'avais besoin de fournitures, on aurait pu s'arranger…

-Oui effectivement c'est dommage, dis-je dépité.

-Avocat ?

-Moyen, à part dans le guacamole ça passe bien mais à manger tout seul je ne suis pas très fan.

-Vous vous foutez de ma gueule ? dit le policier d'un air menaçant. Je vous demandais si vous aviez besoin d'un avocat, c'est votre droit !

-Ah pardon monsieur, dis-je vraiment embarrassé, je croyais que c'était une question piège pour cerner nos profils de délinquants.

-Allez, suivant !

Je ne voulais même pas voir les yeux de Schindler, je savais que j'étais à l'origine de tous ses problèmes. On s'était croisé et j'avais baissé la tête pour lui montrer que j'étais en tort. Une autre chose me préoccupait, que dire à Manon ? Ne pas lui dire la vérité, il ne fallait pas lui dire. Elle ne me parlerait plus si elle apprenait mon appartenance à une bande de voyous qui martyrise des innocents devant les lycées. Le plus drôle dans cette histoire était que les flics voulaient presque forcer Yannis à porter plainte pour les coups qu'il avait reçus et lui insistait pour ne pas le faire. Ces derniers avaient pour argument que cela serait génial pour les chiffres de la délinquance. Pensez-vous, un tunisien d'origine frappé par deux bons français, tout simplement un bon coup de pub pour la ville d'Aix en Provence qui aurait pu écarter d'un coup d'un seul une partie de l'électorat nationaliste en démontrant que l'inverse arrive. En plus, il commençait à hésiter le bougre, on aurait dit quelqu'un qui était sur le point d'acheter une voiture. C'était tout juste s'il leur disait : « Je vais y réfléchir mais votre proposition est alléchante ».

A leur grande surprise, les flics étaient en train d'assister à une scène hallucinante. Yannis, la victime dans cette histoire mal ficelée, nous tenait compagnie depuis l'autre côté de la cellule. Il me faisait rire avec ces blagues mais Schindler ne trouvait pas ça drôle. Je voulais appeler Manon mais je ne savais pas quoi lui dire, de toute façon je n'avais le droit qu'à un coup de fil, il ne fallait pas se rater.

Devant le téléphone des brigadiers j'avais du mal à formuler mes phrases, je transpirais et je bafouais et au final je tournais en rond, je ne disais pas les choses.

-Bon, Gaby ! Je n'y comprends rien ! Tu es où en ce moment ?!? me demanda-t-elle.

-Mais je ne peux pas vraiment te dire sinon tu vas te fâcher !

-Comment ça je vais me fâcher ?!? T'es chez qui ??? Je la connais cette garce ?!?

-Mais je ne suis chez personne…enfin si mais il y a que des mecs.

-Et c'est qui ces mecs ??? Je te donne un rendez-vous, tu ne fous rien de tes journées et t'es capable de me planter ?!? Tu me dégoutes franchement !

-Mais…ma princesse…

-Pas de princesse entre nous je ne suis pas d'humeur !!! Dis-moi où tu es !!!

-Je suis à un…entretien voilà…un casting, ils ont repéré la baraque de Schindler et ils voudraient y tourner un film du coup ils font des repérages et tout ça …

-C'est vrai cette connerie ? demanda-t-elle méfiante.

-Bien sûr que c'est vrai, je suis juste venu l'aider pour pas qu'il se fasse rouler dans la farine !

-Mouais…en tout cas demain t'as intérêt à être là où je veux et quand je veux sinon ça va très mal se passer entre nous !

-Oui mon cœur je te le promets.

-Bonne soirée, dit-elle froidement.

-Toi aussi mon bébé. Je t'aime, fort, je t'aime, ne l'oublie pas, je … allô ?

Quand j'avais raccroché j'étais triste, pour deux raisons. A cause de l'ignorance de Manon envers ma belle personne et du départ de Yannis. Les flics lui avaient gentiment demandé de quitter les lieux et je m'étais retrouvé seul avec Schindler. Néanmoins, j'avais eu une idée géniale pour retrouver sa bagnole mais le bougre ne voulait pas m'écouter. Ses seules réponses à mes paroles étaient des : « Ta gueule » de mec au bout du rouleau. Je le savais, la nuit allait être longue et je me voyais mal proposer à Schindler mon plan d'aide afin de retrouver sa voiture après toutes les galères que je venais de lui faire subir. Je me sentais prisonnier dans cette cellule et c'était normal car j'en étais un. La nuit la plus longue de ma vie allait très certainement arriver.

Après quelques heures à attendre dans le gris sans, au moins, un jeu de société pour me distraire je m'étais enfin décidé à parler à mon ami, mon frère, mon pote en fin de compte : Simon Schindler.

-Simon, je suis vraiment désolé de tout ce qui arrive mais je peux t'aider, je suis là pour t'aider en fait.

-Vas y propose, avec un peu de chance ça pourra me faire rire, dit-il énervé.

-Non mais il n'y a rien de drôle, c'est sérieux. Je te jure que j'ai la solution qui nous permettra de retrouver ta voiture, fais-moi confiance !

-J'écoute.

-Voilà, on va aller interroger les éboueurs, les balayeurs et tous les autres mecs qui bossent la nuit pour savoir s'ils ont vu quelque chose, crois-moi ça va payer !

-Absolument, dit-il froidement.

-Et puis on recoupera tous les témoignages à la manière d'une enquête et ne t'inquiète pas qu'on saura tout, rien ne nous échappera !

-Il faut voir.

-Et puis de toute façon, il ne pourra pas nous échapper le voleur avec toute cette opération en place.

-J'y compte.

-Attends, excuse-moi Simon mais tu es en train de jouer au : « Ni oui ni non » là ou quoi ? demandai-je à mon tour froidement.

-Pourquoi tu dis ça ?

-Ben je ne sais pas ! Tu me réponds qu'avec des : « Absolument » ou des : « J'y compte », sois un peu expressif ! Dis oui ou non clairement, tu ne vas pas perdre de points !

-Bon, écoute-moi bien mon petit gars, déjà que les jeux de piste ou autres conneries du genre ce n'est pas ma came en général, figure-toi que ça ne risque pas subitement de devenir ma passion ! Et surtout pas en ce moment !

-Hé ho du calme ! Détends-toi mon gros ! Je suis dans la même merde que toi ! Et est-ce que je stresse moi ? Ben non. Pas du tout, je reste relax, prend exemple un peu, ça te détendra tu verras !

-Bon écoute, l'esprit d'équipe, la solidarité et tous les trucs dans le style ça va aller pour aujourd'hui. L'équipe était foireuse et son décideur je ne t'en parle même pas !

-Simon, c'était peut-être un plan à la con mais ça partait d'une bonne intention, tu crois vraiment que je voulais me retrouver ici ? lui dis-je en l'amadouant.

-Et moi donc ???

-Oui, enfin bon, on a joué, on a perdu. Il faut bien perdre de temps en temps.

-Bon écoute, je rêve que d'un seul truc. Je veux être seul, sans bruit, moi et ma conscience, merci.

-Comme tu veux.

-Merci !

C'était étrange, c'était un défilé de divorces ce soir-là. Après la conversation glaciale que je venais d'avoir avec Manon, voilà que Schindler semblait, lui aussi, être en train de s'éloigner. Le temps comptait double, triple et même quadruple dans cette cellule grisâtre et uniforme. Le petit trou pour faire ses besoins semblait être là, comme dans les films. Ce n'était pas une légende alors ? Lorsque l'on était retenu temporairement on était déjà condamné à faire ses besoins à la vue de tous ? Méthodes ancestrales dans un monde moderne. Cet enfermement me rendait philosophe et très pensif tout simplement parce qu'il n'y avait que cela à faire entre ces murs. Schindler se caressait les joues et soupirait de temps en temps. C'était devenu un automate et j'étais son pire cauchemar.

L'esprit peut partir si loin lorsque l'on s'emmerde c'est fou. Je pensais à la couche d'ozone, aux écologistes, aux sous-marins nucléaires, aux producteurs de lait, à l'éventuel existence que pouvait mener un champion du monde de billard américain, à mes parents, à ma sœur Lola comme à peu près à chaque moment de ma vie, aux repas des limaces, au parti communiste belge, au prix d'une bouteille d'eau minérale en Norvège, aux bergers, aux bergères, aux moutons, aux moutons, aux moutons et aux bergers et…Je n'en pouvais plus, il me fallait consulter mon Schindler :

-Schindler…Schindler…Simon, tu dors ? Je sais que je n'ai pas le droit de parler mais …

-Je t'écoute l'ami ! répondit-il un brin enthousiaste.

-Ah ben t'es plus fâché ?

-Non ! t'as intérêt à en profiter, ça peut repartir, sait-on jamais.

Exténué, c'était le mot pour décrire Simon et je le comprenais, cette cellule trop froide et trop chaude, cette nuit qui avançait aussi mais qui ne m'empêcha pas de lui poser la question de trop :

-Je me posais une question depuis tout à l'heure. Pourquoi on appelle un mec qui garde des moutons un berger ?

A ce moment précis j'avais instantanément regretté ma question. Schindler m'avait regardé en remuant la tête lentement de gauche à droite, un peu comme un voyou prêt à tabasser quelqu'un. Mais, j'avais malicieusement ajouté :

-Pourquoi on n'appelle pas ça un « Moutonnier » plutôt ?

Et son visage s'éclaira d'un coup d'un seul, il me regarda différemment.

-Ah ouais c'est vrai ça ! C'est une bonne question en fait !

-Ouais, enfin c'est bizarre finalement, ajoutai-je.

-Ah ben non ! C'est juste que « Berger » ça vient de « Bergerie » du coup on dit « Berger ».

-Et pourquoi on dit « Bergerie » aussi ??? insistai-je.

-Oh ! Et pourquoi « Moutons » dans ce cas-là ? T'en as d'autres des questions comme ça ?!?

-Non mais tu avoueras que c'est bizarre quand même.

-Oui d'accord c'est bizarre ! C'est vrai que les moutons on aurait pu aussi appeler ça des « Berges » ! Le berger garde ses « Berges » ! Ou alors s'ils avaient été complètement cons ils auraient appelé ça des « Berges » mais gardés par le « Moutonnier » !

-Mais ne t'énerve pas ! De toute façon le mot berge il veut déjà dire autre chose !

-Je ne m'énerve pas je réponds à ta question à la con pendant une nuit au poste c'est tout !

Je le savais que j'aurais dû utiliser le silence comme arme absolue afin de combattre cette garde à vue mais il fallait que je l'ouvre, je ne pouvais pas m'emmerder sur mon lit-couchette en béton sans parler ce n'était pas possible.

Au petit matin, Yannis vint nous attendre à l'entrée. Il avait eu l'amabilité de faire prendre l'air à sa vieille Ford qui n'était, malheureusement, pas une Ford Mustang. Le soleil affichait sa mine radieuse tandis que Simon et moi-même avions vraiment des gueules grisâtres. Ces expressions que seul l'alcool ingurgité pendant toute une nuit peut vous faire apparaitre sur le visage. En fait une nuit passée en garde à vue sans une goutte d'alcool est aussi violente qu'une grosse nuit de bringue.

-Alors les enfants c'était sympa votre boum ?!? demanda-t-il sur un ton joyeux.

Il se moquait mais il avait peut-être raison en fin de compte. J'étais assis à la place du mort et cette expression, pourtant si banale, prenait tout son sens lorsque l'on était assis du côté passager dans une Ford pourrie.

-C'était sympa, hormis le fait qu'ils ne nous aient pas apportés le petit déjeuner au lit ce matin ! Hein Schindler ? dis-je en guise d'introduction.

Il ne me répondit pas, à mon avis il n'était plus en colère mais il n'avait pas trop envie de parler non plus.

-Et toi Yannis ? Qu'est-ce que t'as fait hier soir ? demandai-je à notre chauffeur.

-On est sorti avec les collègues de boulot quand tout le monde a eu fini le service du soir ! On est allé chez la sœur d'un mec ou chez sa mère je sais plus et il y avait aussi d'autres gens que je ne connaissais pas.

-Tu sais ça peut être les deux en même temps parfois !

-Ah t'es con ! C'était sa sœur je pense ! Mais c'était pas mal on a fait un barbecue. Bières, grillades et tout ça, c'était parfait. Tu te servais toi-même et il y avait deux bouteilles de ketchup et deux bouteilles de mayo … ou l'inverse je sais plus.

-C'est pareil Yannis, lui répondis-je sûr de moi.

Il me regarda d'un air très classe et au vu de son petit sourire narquois je comprenais qu'il n'avait pas saisi le fait que : « Deux bouteilles de ketchup et deux bouteilles de mayo ou l'inverse » était en fait la même chose. Le silence s'installa ensuite, pendant au moins six longues secondes et j'avais dû relancer le dialogue :

-Et sinon ? Il y avait de la meuf un peu ?

-Ouais quelques-unes mais la plupart étaient là avec leur copain.

-Ah, pas de chance.

-Il y a juste eu un moment où j'ai beaucoup discuté avec une mais je ne savais pas si elle avait un mec. On a pas mal rigolé parce qu'elle avait du mal à découper la baguette pour faire son sandwich avec ses chipolatas.

-Ah ouais ? Et elle était chaude ?

-La baguette ? me demanda-t-il.

-Mais non la fille ! insistai-je.

-Ah ça ! Je ne sais pas, on verra bien le jour où elle se collera à moi !

En arrivant devant la maison, Yannis alla se garer, comme presque à son habitude, n'importe comment à cheval sur le trottoir. Simon et moi avions du pain sur la planche. Il fallait aller enquêter, comme prévu, auprès des éboueurs pour retrouver la vieille Nevada et surtout ce qu'elle avait dans le coffre parce que je commençais vraiment à m'auto-persuader que les vieilleries que j'avais récupérées chez mon oncle avaient sans doute de la valeur. Elles ne m'enverraient pas aux Seychelles mais elles m'en rapprocheraient beaucoup. Je ne savais pas du tout si Schindler devait travailler ce jour-là, mais en tout cas j'avais besoin de son aide. Nous devions retrouver cette foutue Renault Nevada. Non seulement pour que Simon Schindler puisse retrouver son vieux joujou et aussi pour que je remette la main sur le probable trésor que m'avait légué inconsciemment mon oncle.

Comme prévu, la première étape de notre plan était claire, aller voir les collègues de boulot du coloc qui mettait des casquettes qui bossait à la Mairie derrière le camion poubelle. Lui ou ses camarades avaient forcément vu quelque chose, ce sont eux les premiers à à sillonner la ville lorsqu'elle s'est à peine endormie et qu'elle ne va pas tarder à se réveiller.

Schindler errait dans la maison. Il esquissait quelques pas en regardant le sol et de temps en temps il frottait ses godasses tel un joueur de tennis qui tenterait de mieux voir les lignes sur la terre battue. Même si nos rapports s'étaient rétablis après s'être grandement dégradés, du fait de notre garde à vue, je ne pensais pas qu'il était prêt à me sauter au cou à cet instant. J'avais profité du fait qu'il baillait au Corneille pour lui demander des précisions quant à son emploi du temps de la journée.

-Simon ? Tu as quelque chose de prévu aujourd'hui ou pas ?

-Non, rien de spécial, me répondit-il l'air complétement sonné, j'espère juste que je ne vais pas prendre trente ans de prison parce que j'ai fait semblant de violer quelqu'un avec toi.

-Ecoute Simon. Il faut vraiment qu'on s'unisse pour retrouver ta caisse. Le temps est compté.

Il regarda ses chaussures mais aucune réponse ne vint.

-En tout cas moi je vais commencer mon enquête ! dis-je en guise de relance. Et …qui ne m'aime pas me suive !

Il s'était mis à sourire, j'avais obtenu ce que je voulais de lui et il m'avait suivi. Je le reconnaissais là encore. Il faisait la gueule mais il n'était pas totalement rancunier. Un amour d'homme ce mec !

Il devait être dix heures et demie lorsque nous quittâmes la maison pour nous lancer à la poursuite de la Nevada. Il faisait beau, un peu comme d'habitude en fait, et un vaste bleu couvrait notre cher ciel provençal. Devant le dépôt, ça fumait la clope et ça touillait le café. C'était déjà la fin du service pour ces travailleurs matinaux.

Malgré nos odeurs de mecs qui venaient de passer la nuit en garde à vue nous sentions la rose à côté de puanteur qui sortait du hangar. Ça sentait bizarre, ça sentait un peu comme … Ça sentait la merde en fait ! Tout venait des camions, toute cette pourriture qui s'était agglutinée à l'intérieur et qui était resté collée. Simon connaissait un type dans cet entrepôt, une connaissance commune du fameux coloc aux casquettes. Un mec qu'il avait eu l'occasion de rencontrer dans une soirée « herbes de Provence ». Mais pas les herbes dont on se sert pour cuisiner, celles qui peuvent rendre idiot lorsqu'on en fume des kilos. Ce type-là, dont le prénom m'était resté inconnu, était censé répondre à nos questions afin de nous aider. Il nous avait même installé dans une salle où d'autres employés jouaient à la belote. Il nous avait poliment demandé si nous voulions des cafés, nous répondîmes froidement que non nous n'en voulions pas. Il s'était alors assis et il avait soupiré de fatigue.

-Bon alors, qu'est-ce que vous foutez là les gars ? Vous voulez de quoi vous retourner la tête ?

Il nous avait lancé un regard complice avant de cligner d'un œil. La vérité était toute autre. Soudainement, Schindler prit un ton grave, très grave :

-Je ...Je me suis fait voler ma caisse et je voulais savoir si, ici, vous aviez des pistes.

Schindler et son ton solennel étaient vraiment impressionnants. On aurait dit que c'était un discours pour un enterrement. Il fixait le sol. L'éboueur le regarda en souriant puis se frotta les yeux :

-Attendez ! Je ne comprends rien les gars ! C'est un nouveau code secret pour me demander si j'ai de la drogue à vous vendre ? C'est comme les codes à la con où tu dis : « Je voudrais une place de cinéma à dix euros pour ce soir » pour dire que tu veux acheter pour dix euros d'herbe ?

-En fait Simon s'est vraiment fait voler sa caisse, dis-je en prenant les devants, une Renault Nevada hier matin je crois et on voulait savoir si quelqu'un avait remarqué quelque chose pendant la nuit.

-C'était vraiment une Nevada sa bagnole ?

-Oui, pourquoi ?

-Pourquoi il tire une gueule comme ça alors ? C'est bizarre, On est triste comme ça pour une Maserati normalement !

Schindler devint bouillant de l'intérieur. Décidément il ne supporterait jamais les attaques envers sa voiture. Et j'avais dû me positionner en arbitre entre les deux pour éviter une éventuelle explosion.

-Non mais je t'explique, c'était une Nevada mais un peu collector et il avait pas mal d'affaires à lui dedans aussi, du coup c'est pour cela que c'est un petit peu problématique !

-Les gars ! Redescendez un peu ! Ça reste une Nevada ! Ce n'est pas avec un autocollant ou une connerie du style qu'elle va devenir « collector » comme vous dîtes ! Une grognasse, même si tu lui mets un soutif noir t'auras quand même pas envie de la tringler !

-Mouais…Ecoute on n'est pas très branché mercerie mais on voit à peu près ta pensée.

-Bon ben voilà !

-Mais si quand même on pouvait faire un petit quelque chose pour la voiture ça nous aiderait bien.

L'éboueur était affalé sur sa chaise avec les deux mains sur la tête. Il clignait des yeux comme pour se prouver à lui-même qu'il n'était pas en train de rêver.

-Sinon les gars vous n'avez qu'à faire une enquête interne, c'était où ?

-C'était au bas de l'avenue Pierre Brossolette, après le vétérinaire qui est sur la droite quand tu viens de la gare routière.

-Ça c'est une affaire pour les « Bee Gees » ! s'exclama le sympathique crasseux.

-Les ? demandai-je intrigué.

-Les « Bee Gees », on donne des surnoms pour les équipes qui travaillent souvent ensemble et qui font donc souvent les mêmes quartiers.

-Intéressant…Et il y a quoi comme autres noms d'équipe ? demandai-je tandis que Schindler semblait hors-jeu de la discussion.

-Oh ben t'as les : « Pink Floyd », les : « ACDC », les : « Jackson Five » mais pour cela rien qu'avec le nom t'annonces la couleur d'entrée !

Je restais admiratif par ces sobriquets donnés aux équipes. Je ne m'étais pas imaginé qu'on puisse déconner un peu de temps en temps dans le monde professionnel.

-Et il y a des noms pourris aussi ?

-Non je n'irai pas jusque-là mais de temps en temps on se concerte et on appelle une équipe les « Spice Girls » pendant quelques jours ! C'est bien emmerdant pour les désignés !

L'éboueur, qui était encore anonyme pour moi, nous avait conduit vers les « Bee Gees ». Il n'y en avait plus qu'un, les autres « Bee Gees » avaient fini leur service. Ce dernier ne portait aucune trace de voix aigüe mais il avait les cheveux un peu longs et il était un peu barbu, par conséquent il était un peu un « Bee Gees ». C'était un conducteur de camion, il avait donc une vue imprenable sur ce qui se passait à l'avant de son camion et aussi à l'arrière et sur les côtés grâce aux différentes caméras qui équipaient l'engin. Je voyais une sorte de motivation qui réapparaissait dans les yeux de Schindler. Il écoutait attentivement le barbu qui lui avait l'air de n'en avoir rien à foutre de nous.

-Il me semble avoir vu un type habillé en orange sur l'avenue Brossollette quand on y est passé, il était tout seul en plus, dit le mec.

Schindler s'agita d'un coup et s'exclama :

-Un Hollandais ! C'est obligé !

Je m'interrogeais et arrivais à la conclusion rapide qu'un mec en orange, c'était surement un Hollandais et en plus un mec en orange qui marchait tout seul la nuit, il n'y avait qu'un Hollandais pour faire une chose aussi étrange !

-T'as raison Simon ! C'est forcément un Hollandais et c'est même plus que ça, c'est le suspect numéro un à présent !

-Je le sais c'est sûr, un mec en orange et en plus s'il est chauve il n'y a plus de doutes !

Mais le « Bee Gees » avait vu autre chose et malheureusement, cet « Hollandais » n'était pas chauve il avait des cheveux, une sorte de coiffure très aérienne en plus !

-Il avait des cheveux un peu comme quand on sort du lit, effet décoiffé vous voyez ? ajouta-t-il.

Schindler, désormais très impliqué dans l'enquête, demanda :

-Quel âge à peu près ?

-Peut être un peu plus de trente.

-Et vous l'avez observé longtemps ? enchaîna-t-il.

-Non pas trop mais il m'intriguait, il semblait avoir rendez-vous dans la rue mais à cinq heures et demie du matin, vous voyez ? C'est très bizarre.

-Donc un Hollandais pas chauve qui tournait autour de peut-être ma voiture et qui était tout seul....

On sentait que Schindler allait bientôt sentir le cramé tellement ça chauffait dans sa tête.

-Un mec en orange avec les cheveux décoiffés...vu qu'il n'était pas chauve, ça ne pouvait pas être un hollandais du coup, dit Schindler.

Il se grattait encore et encore la tête, ça fusait grave.

-Je sais Gaby ! s'exclama-t-il.

-Ah !

-C'est obligé ! C'est un mec de Narbonne ! Ils jouent au rugby en orange et il y a beaucoup de vent dans leur région c'est donc pour cela qu'il est naturellement décoiffé !

L'éboueur et moi-même étions restés perplexes mais en même temps ce n'était pas si bête que ça, qui cela pouvait être d'autre ? Vraiment ?

-Schindler ! m'exclamai-je. T'es un génie ! C'est sûr que c'est ça ! Ça ne peut pas être quelqu'un d'autre ! Il y a trop de choses contre lui maintenant !

L'éboueur « Bee Gees » n'eut aucune réaction, il nous avait brièvement salué et il s'était barré en nous sortant une banalité du genre : « Bonne journée messieurs ». Il était exactement à l'opposé de nous qui exultions de joie jusque sur le parking.

Il fallait alors préparer ce grand périple vers Narbonne et cela passait d'abords par le simple fait de prévenir Manon de ma future absence mais elle ne répondait plus au téléphone, certainement trop de choses à réviser pour elle. La pauvre. En tout cas Yannis allait être de la partie c'était sûr. Il nous fallait un soutien comme lui, mais il ne répondait pas au téléphone non plus et ce même après son service du midi à la pizzéria. En fait il nous fallait surtout sa caisse, car c'était la seule de disponible avec la mienne bien sûr mais cette dernière ne pouvait embarquer que deux passagers au maximum. Manon avait quand même fini par m'envoyer un petit message où elle me demandait : « Comment se passe le tournage ? ». Message auquel j'avais instantanément répondu : « Quel tournage ? ».

Roule sentimentale

Les bouteilles d'eau étaient prêtes, tout comme nos petites valises. En ce début d'après-midi nous étions parés pour aller à la reconquête de la Nevada et de mes œuvres d'art ! La Ford Escort s'échauffait, elle semblait être prête elle aussi à longer la méditerranée jusque dans le département de l'Aude après avoir traversé les Bouches du Rhône, le Gard et l'Hérault. Schindler avait même eu le tact, l'audace et je dirais même le talent de nous avoir déniché un contact sur place chez lequel nous pourrions dormir. L'heure d'arrivée prévue était aux environs de dix-sept heures.

Nous parcourions les routes ensoleillées du Sud-Est de la France avec la certitude que ce n'était plus qu'une question de temps, bientôt nos trésors seraient de retour parmi nous. J'étais assis à la place du copilote et Yannis avait la tête qui dépassait à peine du volant du haut de son mètre, à peu près, soixante-sept. A l'arrière Schindler organisait sa future semaine, avec un peu de chance il n'allait plus faire de doublage pour des téléfilms érotiques. Il avait été retenu avec deux autres personnes pour une audition finale afin de faire une voix pour une pub vantant les mérites d'un complexe de bowling et qui serait diffusée dans les cinémas du département.

Au bout de quarante-cinq bonnes minutes de route il raccrocha enfin et j'avais profité du silence ambiant pour le questionner un petit peu :

-C'est qui le type chez qui on va ?

-C'est Dupin, un ancien très bon pote que j'avais rencontré en colo, il est coiffeur maintenant.

-Et comment tu savais qu'il était à Narbonne maintenant ? demandai-je à Schindler tout en pensant qu'un « ancien très bon pote » n'était peut-être pas quelqu'un de très fiable.

-On est resté en contact un petit peu, et de nos jours avec internet et tout ça, c'est facile de savoir ce que font les gens.

-Et qu'est-ce que tu sais de lui ? demandai-je.

-Pas grand-chose finalement, je sais juste qu'il est homo.

-Putain ! Ça nous aide vachement ça ! m'exclamai-je.

-Ben quoi ? Pourquoi ? demanda Schindler avec en fond le bruit inquiétant du moteur de la voiture.

-Ben un coiffeur homo, c'est comme un prêtre pédophile…c'est un pléonasme.

Yannis riait beaucoup, et comme à chaque fois qu'il rigolait, il s'esclaffait un bon coup avant de dire : « Vanne…N'importe quoi toi ! » avec une voix de prépubère qui voulait jouer à l'adulte. Et alors que je continuais à discuter avec Schindler en pointant mon nez vers l'arrière Yannis parlait tout seul. Ce n'est pas si grave de lâcher une petite phrase en public qui n'est destinée à personne, mais la répéter une dizaine de fois à intervalle régulière semble suspect. Schindler l'interpella :

-Mon petit Yannis ! Exprime donc ta pensée à voix haute !

-Non rien ce n'est rien, dit-il heureux qu'on est enfin remarqué son manège.

-Allez dis-nous, on ne va pas t'engueuler, renchérit Schindler.

-Mais non ça va aller, il n'y a rien. Enfin, il faudrait juste qu'on s'arrête pour manger à un moment donné.

-Mais non ça va aller ! Tu vas tenir quand même !

-Oui t'as raison Simon.

Le silence s'installa alors :

-Mais quand même si on pouvait juste s'arrêter pas longtemps pour manger, demanda encore Yannis.

-Mais tu ne vas pas nous gonfler !!! Tu n'arrives pas à dominer ton estomac ou quoi ??? T'es vraiment incapable de tenir ???

-Non mais Schindler, je me disais juste que, vu qu'on n'est pas loin de Montpellier, on pourrait se trouver un McDo…ou alors se faire une petite pause.

-Bon qu'est-ce qui il y a ?!? C'est quoi la vraie raison ? T'as une poule à aller voir ? Tu peux tout nous dire à Gaby et à moi.

J'avais acquiescé d'un petit geste quasi-insignifiant.

-Donc…Je peux vraiment tout vous dire ?

-Putain je le savais on est en cavale en fait ! s'exclama Schindler en tapant sèchement sur ses genoux.

-Ben non vu que je veux m'arrêter ! rassura Yannis.

-Merde ! Ça veut dire qu'on doit surement transporter de la drogue ou une connerie du genre !

-Non t'inquiète pas, détends-toi.

-Ben alors ! Dis-nous avant que je m'énerve !!!

-C'est la caisse, la voiture…

-Quoi la voiture ? Ce n'est pas ta vraie mère en fait ? T'es adopté et tu viens de l'apprendre ? Pff…

-Non pas vraiment, elle est un peu vieille en fait …

-La vache ! Ce n'est pas vrai ? dit Schindler d'un ton moqueur. Comme si on ne le savait pas ?!? Elle est même plus épave ta caisse elle est fossile maintenant !

-Ça va, t'as vu la tienne ?

-Ne recommence pas avec ça ! Je suis un mec cool mais évite certains sujets s'il te plaît ! Je veux bien qu'on attaque le physique mais pas les bagnoles !

-On va se poser un peu pour faire refroidir la voiture sinon elle va exploser.

-Les gars on est des amateurs en fait ! C'est chiant ! soupira Schindler.

Yannis avait l'air très gêné mais en même temps ce n'était pas de sa faute si sa caisse était pourrie, ou du moins pas terrible. En tout cas il fallait s'arrêter à tout prix si les affirmations que nous affirmait Yannis étaient affirmatives. Schindler n'adressait plus un mot à personne, il était comme ça. Tantôt sympa et bienveillant, tantôt colérique et antipathique pour pas grand-chose.

La vieille Ford de Yannis semblait tout de même usée et fatiguée de toutes ces années de bons et loyaux services et c'était en silence que nous avions pu atteindre le Drive de l'autoroute situé à Montpellier-Sud. Une fois les vitres ouvertes, et en attendant de pouvoir commander notre met à l'interphone, nous prîmes réellement conscience de la pauvreté mécanique et technologique qui s'était abattue sur la Ford. Elle vibrait et nous enfumait presque. Elle faisait un bruit de tracteur mais l'idée simple de la mettre dans un champ pour labourer aurait été une grosse connerie. Alors que le silence de l'attente s'était installé, Yannis nous fit une confidence :

-Je le savais qu'on n'aurait pas dû y aller en bagnole…

Et Schindler sauta sur l'occasion pour lui répondre franchement :

-Mais dis donc ! Tu percutes super vite toi maintenant ! Peut-être que le train aurait été la solution idéale finalement !

-Les gars ! Les gars !!! m'exclamai-je. Calmez-vous, il faut qu'on soit unis sinon on n'y arrivera jamais !!!

Yannis et Schindler s'étaient tu. Mon autorité était manifestement réelle. Le silence s'installa alors, mais pas pour longtemps.

-On aurait dû y aller en avion, lâcha Yannis.

Le silence persista alors. Yannis avait l'air complétement dans son monde. Il était en train de fixer le haut de son volant et il avait la main gauche collée sur la partie inférieure de ce dernier.

-On aurait dû y aller en avion, on aurait eu moins de soucis.

-Excuse-moi Yannis mais tu peux développer s'il te plaît ? demandai-je.

-Ça se fait en avion Aix-Montpellier. Tu prends le bus de Aix jusqu'à Marseille et puis Marseille-Paris et Paris-Toulouse en avion et ensuite Toulouse-Montpellier en train et ça ne coûte rien !

-Mais c'est, excuse-moi mais c'est stupide comme idée non ?

-Peut-être. Mais, au moins, t'es sûr de pas avoir de problèmes de voiture et en plus avec les Miles Air France de mon père on avait un Marseille-Toulouse avec escale à Paris quasiment gratos !

Au même moment la voiture avança, il était l'heure pour nous de passer la commande. Il débita sa pensée, il était manifestement très doué pour commander à manger et Schindler et moi-même restions interloqués. Je plissais les yeux et regardais un peu partout. A la place du mort, je devais ressembler à un camé qui ne comprenait pas ce qu'il foutait là. Mes mimiques étaient certainement semblables à celles de « Jojo », un des ouvriers de papa que je voyais souvent à l'usine et qui n'avait pas vraiment le charisme d'un prix Nobel.

C'était aussi fou que flou dans ma tête et je n'entendais plus rien. Je voyais Schindler qui agitait ses lèvres dans un silence de cathédrale jusqu'à ce que je reprenne conscience.

-Bon…Gabyyyyyyy !!! me hurla-t-il dessus.

-Hein ? Oui ?

-Ah ce n'est pas trop tôt ! Tu veux manger quoi ? me demanda l'apprenti comédien.

-Ah…euh un…juste un « Mac Flurry » avec des « M&M's » ou au « Kit Kat » peu importe.

-Ben dis-le à la dame !

J'avais dû exploser les oreilles de Yannis dans le simple but de me faire entendre par l'équipière qui prenait nos commandes à l'interphone. Un silence puis un bourdonnement m'avaient été donné en guise de réponse.

-Votre Flurry, avec ou sans nappage Monsieur ? me demanda-t-elle.

-Sans nappage !!! m'exclamai-je avant de redescendre. Sans rien, pas de nappage s'il vous plaît.

A présent c'était moi qui avais piqué le rôle de fou à Yannis, celui qui s'endormait les yeux ouverts quelques temps et qui gueulait ensuite sans raisons apparentes à son réveil.

Yannis avait pris un gros menu mais il n'y avait quasiment pas touché. En fait il s'était servi de son grand verre de Sprite pour asperger le moteur et les autres composantes de son dessous de capot et ça fumait grave. On aurait même dit qu'il était en train de faire un barbecue sur le parking du restaurant rapide. Schindler, fidèle à lui-même, narrait ses exploits sexuels encore et encore. Selon lui personne ne pouvait lui résister et c'était donc pour cela qu'il enchainait les conquêtes.

J'essayai tout de même de lui dire qu'il devait peut-être essayer de commencer une relation stable parce qu'en fin de compte il ne cessait d'insinuer qu'il ne rêvait que de cela ce qui était paradoxal vu son comportement avec la gente féminine, mais lui s'énervait en me disant que : « De toute façon tu ne peux pas comprendre, t'es déjà marié, t'es déjà vieux en fait ». Il était définitivement incernable le Schindler. Peut-être que la peur l'avait envahi, la peur de s'attacher, la peur d'avoir une vie sentimentale qui pouvait s'écrouler du jour au lendemain. Peut-être qu'il avait peur aussi de partager son lit avec quelqu'un et donc peur de devoir mieux se conduire au quotidien. Ne plus se mettre les doigts dans le nez avant de s'endormir, balancer en l'air une partie de son intimité en fin de compte. Moi aussi mon intimité était menacée. Mais je ne voyais plus Manon. J'avais encore zappé un de nos rendez-vous qui aurait dû nous servir à discuter. La faute à quoi ? Je n'en savais rien. Peut-être la faute à ce challenge lancé par mon père et que je voulais réussir par tous les moyens. Cet argent que je connaissais, que je voulais, il était où bordel ? Nous mangions en silence à l'intérieur de la voiture Simon et moi-même. Impassibles hommes sur un parking. Tout ce petit mélodrame que nous jouions sans le savoir avec mon camarade n'était rien comparé à la tragi-comédie dont Yannis et sa voiture étaient les protagonistes avec cette sale intrigue : Est-ce qu'on allait pouvoir redémarrer ? Soudain, le propriétaire de la Ford baissa le capot d'un coup sec et reprit son

94

inspiration en tremblotant, à la manière de quelqu'un qui venait de finir de sangloter. Il leva enfin son pouce en l'air en regardant dans ma direction avant de dire :

-On y va Gaby. Ça va le faire. Ça devrait le faire !

-Si tu le sens pas, on peut encore repousser et attendre un petit peu, lui dis-je angoissé.

Curieusement, Schindler ne s'était pas manifesté pas, on aurait pu croire qu'il aurait râlé, Yannis ajouta :

-Non on le tente, il faut qu'on le tente et ça va le faire.

On aurait dit que Yannis allait faire une opération à cœur ouverte ou tout autre truc super compliqué mais il s'agissait seulement de faire rouler une Ford. Oui en fait c'était super compliqué.

L'ami Dupin

Les minutes passèrent tout au long de la côte Méditerranéenne. Gigean, Sète, Loupian puis Béziers et ensuite Vinassan. Tous ces bleds avaient des noms d'employés communaux. C'était étrange, on aurait facilement imaginé une Véronique Loupian ainsi qu'un Gérard Vinassan. Schindler laissait planer le doute sur la destination finale exacte. Le segment Béziers-Narbonne n'avait vraiment pas grand-chose d'attirant. Ça paraissait sec, plat, et pas assez dépaysant. Un peu comme si ils avaient mis les maisons moches de la périphérie d'Aix un peu plus près de la mer et dans un autre département. J'aurais préféré que notre parcours vers la monnaie nous mène vers un endroit un peu plus sympa mais bon c'était comme c'était. En fait Schindler dormait, comme si ses énervements successifs sur la vie amoureuse, les relations hommes-femmes et la voiture de Yannis l'avaient mis KO. Mais arriva alors un gros dilemme. Il fallait le réveiller, car lui seul connaissait l'adresse de notre destination finale, mais il ne fallait pas le sortir du pays des rêves de manière trop brutale. Alors le pauvre Yannis usa de tous les stratagèmes. Il freina brusquement, sans succès, puis il éternua de manière dégueulasse et non discrète mais sans succès non plus, pourtant l'enchainement du « Atchoum » avec le bon raclage de gorge avait été très impressionnant et parfaitement en rythme. Au bout de cinq minutes, Schindler finit par ouvrir les yeux. Ses toutes petites pupilles fixaient Yannis qui était dans sa diagonale, il avait le regard d'un amoureux au réveil quand il étirait ses bras. Curieusement il était de bonne humeur. C'était comme s'il n'avait pas dormi une heure mais quatre mois au moins et qu'à son réveil il n'avait aucun souvenir de ses colères antérieures. Son visage et son attitude montraient de l'apaisement.

-Je suis content d'être avec vous les gars, mes potes ! Yannis et moi-même avions souri en même temps. Le conducteur demanda alors :

-Et l'adresse ?

-Ne t'inquiète pas on a le temps, il faut le laisser finir de bosser aussi le Stéphane Dupin.

-Ah, il s'appelle Stéphane ton pote ? demanda poliment Yannis.

-Non il s'appelle Tom mais vu que ça faisait trop long on préfère l'appeler Stéphane ! dit Schindler agacé.

Les deux s'étaient finalement marré ensemble, c'était beau à voir mais j'étais presque jaloux d'être un élément complètement extérieur à leur ping-pong verbal. Schindler avait dit « Gruissan » et donc Yannis roula vers Gruissan. Il devait être dans les dix-sept heures et le paysage était beau aux abords de la ville destination, il y avait même quelques falaises dans l'arrière-pays ce qui me surprenait un peu et le ciel était bleu. C'était sympa, ça me faisait oublier mes soucis avec Manon. Nous avions décidé de visiter un peu ce fameux arrière-pays sur les ordres de Schindler qui connaissait vaguement les coins reculés. Il nous faisait aller à droite, à gauche, mais jamais nous ne quittions la voiture pour aller marcher.

C'était bête à dire mais il commençait vraiment à nous emmerder. On en avait marre et on voulait aller chez Stéphane le coiffeur gay ami d'enfance de Schindler.

Sur la grande route qui faisait la liaison Saint-Pierre la mer-Gruissan Schindler s'exclama :
-Yannis !!! Arrête-toi !!! Arrête-toi vite !!!
Yannis continua jusqu'à ce que Schindler lui saisisse de force les mains pour le faire aller sur le bas-côté.
-Mais t'es complétement con ! s'énerva Yannis. On a failli se planter !!!
Yannis avait eu raison de s'énerver mais je pense que je ne l'avais jamais vu dans cet état-là. Schindler lui murmura :
-Mais il y a des fleurs, une espèce super rare dans ce coin, on ne sait jamais…Ça vaut peut-être le coup…
On aurait dit un enfant, décidément il était passé par tous les états durant l'après-midi.
Pour tenter de calmer le jeu je m'étais immiscé dans la conversation :
-On peut peut-être aller chez Stéphane maintenant et on boit un coup histoire de se calmer tous parce qu'on doit surement être fatigué du voyage.
Yannis desserra son frein à main et accéléra, accéléra encore, jamais une Ford Mondéo n'était allée aussi vite dans l'histoire de l'automobile ! Il ajouta :
-On va où alors ?
-L'adresse on verra… venez on va sur le bord de mer voir un peu c'est cool non ? proposa Schindler.

-L'adresse !!! gueula Yannis. C'est fini le tourisme maintenant !!!

-Il n'y en a pas, avoua Schindler. Enfin si, j'ai l'adresse mais le mec enfin …Stéphane n'est pas trop d'accord parce qu'il a de …de la famille chez lui je crois.

-On va aller chez Stéphane et tu vas lui expliquer clairement la situation c'est compris ?!? ordonna Yannis.

-Oui Yannis, pas de problème, s'inclina l'autre.

Schindler semblait tétanisé, en fait il l'était pour de vrai. Je n'avais jamais fait attention à l'autorité que pouvait avoir Yannis. Il pouvait faire peur en fait le bougre !

Après avoir passé une espèce de laboratoire puis continué tout droit, avec à notre droite des falaises au loin, il avait fallu tourner à gauche au niveau de l'Intermarché puis continuer tout droit puis un peu à droite puis un tout petit peu à gauche pour se garer dans un lotissement moyen. Ce n'était vraiment pas le style aixois. Les maisons maigres, colorées bizarrement et un peu toutes alignées me donnaient un mal intérieur, le mal du pays. C'était affreux, comment pouvait-on se faire une joie de vivre dans des bicoques à la noix comme ça ?

C'était au tour de Schindler de mener les opérations, il avait sonné au numéro douze d'une rue dont j'ignorais le nom et il avait regardé le sol en attendant la venue du propriétaire des lieux.

-Hey salut Monsieur Dupin !!! On est une secte en freelance !!! Est-ce que par hasard vous auriez deux minutes à nous accorder ?!?

La seule réponse de Stéphane fut un claquage de porte monumental. Une sorte de : « Voumpf ! » avec en prime le bruit de l'air qui s'agite. Schindler et son rire narquois nous avaient fixé Yannis et moi.

-Ah quel déconneur le Stéph ! s'exclama Schindler. Vous avez vu comme il a fait semblant de pas me reconnaitre ? Acteur en plus ! C'est un bon le mec je vous le dis !

Puis après un long silence d'environ quatre secondes, il reprit la parole :

-Bon ! On va aller se boire un coup dans un bar tranquille ?

Le pauvre Simon eut à peine le temps de finir sa phrase que déjà Yannis l'agrippa par le col comme un mafieux en lui disant : « Je ne bouge pas d'ici, on rentre chez Stéphane c'est tout ! ». Visiblement Yannis n'avait pas très soif. Schindler sonna une nouvelle fois et Stéphane ouvrit la porte.

-Oh mon Steph ! Ça fait tellement longtemps qu'on ne s'est pas vu ! Il va vraiment falloir qu'on rattrape le temps perdu mon pote !

Schindler se jeta dans les bras de Stéphane mais Stéphane le repoussa violemment à peine deux secondes après.

-Mais t'es qui toi ? demanda-t-il énervé.

-Dis-donc, pour un coiffeur je te pensais plus délicat ! rétorqua Schindler.

-Casse-toi ! Cassez-vous les psychopathes !

-On s'est mal compris Steph ! C'est moi ! C'est Simon ! Simon Schindler ! On était potes pendant la colo en Lozère ! Tu te rappelles tous les souvenirs qu'on a ensemble ?

-Tiens, Schindler ! Je me rappelle surtout que tu m'avais mis du poil à gratter dans le slip à la sortie au musée des forgerons !

-Ouais c'est vrai, on était sacrément complices quand même ! dit Schindler des étoiles dans les yeux.

-Et quand t'as chié dans ma valise juste avant le départ en bus c'était de la complicité aussi ?!?

-Ah on était jeunes, on se marrait bien, quelle époque !

-Il y a que toi qui te marrais je pense ! Tu m'as fait chier Simon, t'étais un petit con, une pauvre merde !

-Oh, il y a prescription maintenant ! affirma Schindler en souriant.

-Je ne sais pas, mais t'as l'air toujours aussi con !

La scène était étrange et on ne savait pas si les deux déconnaient ou si c'était du sérieux parce qu'avec les potes bizarres de Simon, c'est-à-dire tous sauf Yannis et moi, on ne savait jamais dans quel registre les actions se déroulaient. Puis, brutalement, Schindler se mit à genoux.

-Pardon Stéphane ! Je suis désolé de tout ce que j'ai pu faire ! J'ai grandi maintenant mais tu sais ça n'a jamais été facile pour moi, les moqueries des autres, les : « Le réveil sonne, Schindler de se lever !» ou « Tu veux un

Schindler surprise ? » et les crêpes à la « Schin-de-leur » aussi…J'ai beaucoup souffert du harcèlement moral.

Il se releva en gémissant un petit peu et Stéphane d'un air violent mais empathique nous tint à peu près ce langage : « Je vous dépanne pour une nuit mais pas plus ! » avant de nous indiquer le chemin à emprunter afin de pénétrer dans la demeure.

L'intérieur était basique mais sans plus. Il y avait une petite cuisine avec un petit bar donnant sur le salon qui comprenait une table avec des fleurs dans un vase près duquel s'étalaient deux sacs à main. Schindler semblait déjà beaucoup trop à l'aise chez son ancien et peut-être nouvel ami.

-Tu fais collection de sacs à main Stéph ?

-Il y en a un à ma copine et l'autre qui est celui de sa sœur, répondit froidement Stéph.

Simon ricana furtivement et le coiffeur demanda.

-Qu'est ce qui te fait rire ?

-Rien, ce n'est pas ça mais tu sais t'es pas obligé de te faire passer pour un hétéro. Je suis tolérant et mes potes aussi.

-T'es complétement con ou quoi ? s'énerva Stéphane.

-Non mais regarde par exemple Yannis il est arabe, Gaby il est millionnaire, moi je suis normal et on s'entend très bien !

-Mais que t'es con c'est pas vrai ! J'aime les filles ça te va ?!?

-Evidemment, c'est ce que tu dois penser mais, au vu de ton métier, ça ne doit pas être facile de rester tous les jours dans ce point de vue.

Stéphane n'en pouvait plus et Schindler semblait être seul au monde.

-Tu vois, un mec comme Yannis, il essaie d'être musulman mais dès que y'a un match de foot à la télé il fait saucisson bière et c'est normal, ce n'est pas facile pour tout le monde !

Yannis mit un peu de temps à réagir et il se débarrassa de ses deux sacs de courses, qui lui servaient de valise, avant d'entamer sa défense :

-Quoi ?!? Moi ??? Mais n'importe quoi !

-Mais si ! Mais tant pis ! Et quand tu fais ramadan, tu bouffes en cachette l'après-midi…

-C'est normal ! On ne mange pas le midi alors j'ai faim ! T'as qu'à essayer, tu verras !

Les deux étaient ingérables et en plus nous n'étions même pas chez nous, il fallait faire preuve de discrétion car aucun de nous n'était le bienvenu. J'avais poliment demandé à Stéphane où se trouvaient nos chambres et il m'avait répondu que c'était la deuxième porte sur la gauche après les escaliers.

Ce nouveau concept de chambre-buanderie n'était pas terrible mais il ne fallait pas trop la ramener non plus, nous n'étions pas en territoire conquis. En bas, mes deux compères n'avaient toujours pas fini leur discussion entre rires et agacement. Yannis répétait encore et toujours que sa mère n'était pas musulmane, c'était seulement son père qui l'était. Nous on s'en foutait, on le savait déjà mais Stéphane devait être ravi de l'apprendre.

Quand les deux autres eurent daigné me rejoindre un autre problème se présenta, il allait falloir dormir « Collé-serré » vu la superficie incroyable de notre chambre et pour éviter les querelles j'avais décidé d'abréger cette discussion périlleuse en leur proposant de passer à table. Une fois revenu en bas Simon avait eu la bonne idée de demander ce qui était au menu du soir et Stéphane avait naturellement répondu : « Ah parce qu'en plus vous voulez la pension complète ?!? ». Me sentant, sur le moment, le plus responsable des trois j'avais voulu apaiser Steph.

-Ne t'inquiète pas, on va aller au resto ou on va trouver un truc.

Mais Schindler n'était pas trop d'accord.

-Non, non ! Je ne me suis pas tapé toute cette route pour pas manger ! J'ai la dalle et de toute façon je n'ai pas d'argent !

Puis il enchaîna :

-Je ne te demande pas grand-chose Stéphane, même si t'as un pot de Nutella ça fera l'affaire.

J'avais acquiescé de la tête et lui avait dit que l'on lui en rachèterait un le lendemain dès l'aube mais c'était sans compter sur Yannis.

-Moi je ne peux pas le Nutella les gars.

Et la querelle avec Schindler repartit d'un coup d'un seul :

-Toujours à faire l'intéressant lui ! Ça ne te va pas un pot de Nutella avec trois potes et trois cuillères autour ?

-Ce n'est pas ça mais, dit timidement Yannis.

-Ah j'ai compris, au temps pour moi, il y a du porc dans le Nutella c'est ça ?

-Mais non, t'es con ! C'est un truc un peu gênant…Vous ne rigolez pas promis ?

J'avais tapoté l'épaule de Yannis pour le soutenir parce qu'il avait la tronche de celui qui est sur le point d'annoncer un zéro sur vingt en maths.

-Voilà…En fait je suis allergique aux noisettes.

Ce scoop international attendrit Schindler qui d'un coup d'un seul était devenu compatissant.

-Oh, mais je ne savais pas, je n'ai jamais remarqué, c'est pas une connerie ?

-Non, c'est la vérité.

-La vache ! Je pensais à un truc vite fait…

-Oui, quoi ? demanda Yannis.

-Si après ta mort on te réincarne en Ecureuil tu vas sacrément être dans la merde non ?

Yannis avait sorti un grand sourire agrémenté de son fameux : « Vanne ! Mais n'importe quoi toi ! » qui était nonchalant et presque enfantin.

Le lendemain matin, je m'étais levé aux aurores, non pas pour aller faire un footing ou parce que l'avenir appartient à ce qui se lèvent tôt mais parce que je n'arrivais plus à dormir dans cette buanderie. Entre les ronflements inégaux de Yannis et les coups de genou dans le dos de Schindler mon sommeil avait perdu de sa qualité. J'avais eu la bonne idée de dormir entre ces deux bougres pour éviter toute tension et finalement c'était moi qui en avais payé le prix fort. Le T-shirt un peu froissé et la tête dans le fût j'avais croisé Stéphane qui sortait de la salle de bain et j'avais emprunté les escaliers tout en entendant deux voix à consonances féminines provenant du rez-de-chaussée. J'avais faim et honte quand j'avais salué Laure la blonde et Emma l'autre blonde un peu plus jeune. Mes épis sur la tête et mes bâillements de simplet fatigué n'étaient pas les bienvenus pour ces belles rencontres. Laure était pas mal, non en fait elle était carrément magnifique, j'avais presque eu envie de réveiller Schindler pour qu'il puisse profiter de ce plaisir des sens. Malgré notre putsch de la veille afin de pouvoir s'incruster chez eux ils ne m'en voulaient pas. Ils étaient même plutôt sympas avec moi. Laure me demanda :

-Qu'est-ce que vous faîtes toi et tes potes dans notre belle région ?

-Le boulot, dis-je instinctivement. On est là pour une mission assez…je ne sais pas si je peux tout vous dire en réalité.

J'usais de tous les stratagèmes pour réfléchir, j'allongeais mes phrases et multipliais les silences afin de trouver une idée.

-Tu peux tout nous dire, on est des tombes ! me dit-elle.

-On enquête sur un… un adultère voilà. On a un client qui nous a demandé de surveiller sa compagne ou son compagnon, je n'ai pas le droit de vous dévoiler son sexe en réalité.

-C'est vachement bien ! Ça doit être intéressant ! dit-elle vraiment sincèrement.

-Oh, tu sais, c'est peut-être moins risqué de faire des brushings que des filatures ! m'exclamai-je en insistant sur le fait que nous n'avions pas un boulot de branleurs.

Son heure venu, Simon se leva avec son entrain habituel et son caleçon moche. Il avait salué tous les occupants de la maison, depuis l'étage une petite seconde avant de voir leurs visages d'un : « Bien dormi les meufs ? » avant de s'apercevoir qu'il y avait réellement deux meufs au rez-de-chaussée de la maison. C'était beau, et même mignon le regard enfantin qu'il portait sur les deux belles demoiselles. Il la ramenait moins sa grande gueule de dragueur fou quand il était face à ses sujets. Le temps s'était arrêté et les trois esclaves qui étaient sur le point de partir au travail quelques minutes auparavant ne semblaient en avoir plus rien à faire. Ils voulaient profiter de l'instant présent. Un homme déambulant en sous-vêtements chez des quasi-inconnus, ce n'était pas banal.

Après de timides présentations, Emma, Laure et Stéphane filèrent au bagne, enfin à leur salon de coiffure, non sans quelques derniers mots de la part du chef de maison.

-Vous me filez un coup de balai sur le sol, la vaisselle c'est pour vous aussi. La porte, c'est à double tour pour la fermer, je vous ai laissé la clef sur la commode et comme convenu vous faites les courses.

-Aucun problème, répondis-je.

-Gabriel, je vois que t'as l'air d'être le plus dégourdi des trois, je te donne vingt euros pour que t'ailles me faire quelques courses personnelles.

-Oui Stéphane, il n'y a pas de problème.

-Tiens Schindler ! dit Stéphane. Je te confie la liste, je pense que t'es le mieux placé pour ça !

Il s'en alla en rigolant nerveusement. C'est vrai que c'était amusant.

Les fruits et le légume

C'était une épreuve de plus pour la Ford de Yannis. La pente douce était vachement plus facile à grimper que le Mont Ventoux mais il ne fallait tout de même pas trop en demander à ce type de bolide.

On ne pouvait pas trop se tromper de maison étant donné qu'il y en avait qu'une dans les environs. Le cadre était sympa et tranquille et ça sentait bon la Provence même si on en était un peu loin. Le bas-côté de la route avait le teint marron avec des aiguilles de pins étalées sur le sol pour nous montrer que l'été s'installait. Cela contrastait avec le bord de mer et ses formes carrées et bétonnées.

On avait vu une petite pancarte sur le bord de la route sur laquelle était écrit : « Fruits et légume » avec l'oubli de pluriel à « Légumes ». Elle était usée et abîmée par la succession des saisons et devait certainement appartenir au passé car il n'y avait aucun stand à l'horizon.

Schindler sonna, très sûr de lui. J'avais très peur d'aller chez cet ex-danseur étoile rital qu'il prétendait connaître au vu de nos échecs précédents pourtant ce coup-ci il nous avait juré que ça valait la peine de quitter la baraque de Dupin pour aller chez quelqu'un d'autre de plus « fiable ». Une dame nous ouvrit et Simon se présenta. Elle acquiesça en silence et nous mena vers la grande bâtisse au bout du chemin en gravillons où les cyprès s'alignaient. Il y avait une dépendance sur la gauche, elle nous fit signe d'y entrer tout en nous disant : « Ne traînez pas s'il vous plaît, il est un peu fatigué, il a cette foutue maladie qui lui broie le cerveau ». Elle revint trente secondes après pour s'assurer que le vieux monsieur en fauteuil roulant qui nous attendait n'avait besoin de rien. Il désigna de sa main le banc en bois laqué poussiéreux et nous nous assîmes dessus en prenant bien garde de ne pas écraser le chat qui se reposait à côté. Schindler débuta :

-Merci de nous accueillir Monsieur Truffatore.

-Appelez-moi Roberto les enfants, répondit le vieux.

Curieusement le son qui sortait de sa bouche n'était pas à la hauteur de son physique, c'était aigu, une vraie voix de puceau. Bizarre pour un type d'au moins soixante ans mesurant dans les deux mètres. Il ajouta :

-S'il vous plaît. Ce n'est déjà pas facile pour moi, je vous demande de ne pas rire.

Et ce n'était pas tout, il avait un petit accent de Lord anglais, il continua :

-Je préfèrerais continuer la conversation en Anglais si cela ne vous dérange pas. Je ne me sens pas assez en forme aujourd'hui pour trouver mes mots en Français.

Schindler nous regarda et nous fîmes signe de la tête que cela nous était égal avec Yannis.

-So ! I heard that you are getting some troubles concerning a car, your Renault Nevada, right ?

A ces mots que personne n'avait compris Schindler répondit timidement :

-Yes, right…Nevada.

En fait, il y avait un avantage au mot « Nevada », il se prononçait de la même façon dans plusieurs langues. Et s'en suivit alors de longues phrases prononcées par le Lord où ressortaient quelques mots que l'on pouvait comprendre, les plus faciles en fin de compte. Notre Schindler national gardait tout de même un brin de motivation pour répondre au monsieur.

-Sorry, no understand sir…Moi, me, hier, call you for the bagnole, the car sorry.

-Yes ! You were looking for your car in this area, I remember well well ! répondit le vieux.

-Car ! Yes ! J'ai dit à votre femme, à votre wife au téléphone que ma car volée ! Missing ! Il n'y en a plus walou ! Et the car normally està aqui… here in the region of Narbonne !

-And ? demanda le vieux consterné.

-And you help me ! Tu dois m'aider ! Enfin vous devez m'aider… et je …euh …I want to say …

L'homme élégamment barbu semblait perdu. Pourtant Schindler avait tout donné au niveau de ses compétences linguistiques. Yannis s'en foutait et moi aussi d'ailleurs et dans un élan de désespoir notre camarade nous demanda une faveur :

111

-Les gars, comment vous dîtes : « On n'a pas le cul sorti des ronces » en anglais ?

-Ça doit être un truc du genre : « We have not the ass out of the ronces », dis-je.

-Ok Sir ! Problem with you and we have not the ass out of the ronces ! enchaîna Schindler.

L'homme fit un rictus puis ferma un œil comme si il s'était mis du shampooing dedans.

-Voilà, avec un peu de concentration tu peux me faire une belle phrase. En revanche je ne sais pas si on peut vraiment traduire cette expression.

-Mais vous parlez le français en fait !!! s'exclama Schindler.

-Ouais ! Et l'anglais aussi mais je voulais vous tester. Enfin, simplement m'assurer que vous n'étiez pas des espions et vu vos dégaines je suis certain que non maintenant !

-Mais votre femme ? Enfin la dame là, elle a dit Alzheimer donc Anglais ou je ne sais plus.

-Alzheimer ? Non, c'est juste que ça fait mieux à mon âge, ça me protège, c'est sympatoche ! Et j'ai pu engager ma femme comme aide à domicile aux frais de l'Etat ! Ce n'est pas beau ça ?

-Ah d'accord ! Donc vous êtes un faussaire sur toute la ligne ! Vous êtes italien au moins ?

-Non ! Ça non plus ! Vois-tu mon petit gars je vais te dire deux choses. Je m'appelle Robert Truffat mais il faut avouer que Roberto Truffatore ça sonne mieux quand même ?

Nous remuions la tête d'un air de dire : « Oui, oui » mais sans vraiment comprendre.

-Ca envoie Truffatore comparé à Truffat ? Ça envoie ??? Hein les jeunes ?!?

Nous répondîmes en cœur :

-Ouais ! Ça envoie !!!

-Oui ! Bon, de Truffat à Truffatore tu passes quand même de Français moyen qui passe sa vie au PMU à mec italien presque classe !

C'était une belle parade, comme quoi il suffisait seulement de rajouter trois lettres pour vraiment faire la différence.

-Et la deuxième chose ? demanda Schindler.

-Attends jeune, deux secondes ! C'est quoi ton nom déjà ?

-Schindler Simon, Simon Schindler le mec qui a appelé ! Schindler, le mec qui vous a rencontré je ne sais plus quand à un cours d'expression corporelle à Marseille ! Simon ! Simon c'est moi.

-Détends-toi donc Monsieur Simon. J'allais justement en venir à la deuxième chose. Ta bagnole. Ta bagnole elle doit tout simplement être à la fourrière de ton quartier mon coco.

-Quoi ?!? dit Schindler abasourdi.

-Mais enfin réfléchis ! C'est quoi cette histoire ? Qui volerait une Nevada de nos jours ? Même moi je me sens jeune à côté de cette bagnole !

Schindler restait choqué, il fixait le sol en se mordant les lèvres. Finalement ce n'était pas si con, pourquoi avait-on fait tous ces kilomètres ? On aurait dû y réfléchir un peu avant, mais à présent la bêtise était faite.

Schindler n'en pouvait plus de déception, il se sentait trahi, mais par qui ? Et dans un élan de générosité et de pitié le vieil homme nous proposa de rester pour déjeuner. Ça tombait bien on avait un peu faim et en un rien de temps sa femme, ou peut-être sa gouvernante, dressa une belle table en extérieur.

Schindler mangeait à un rythme très lent, il était encore sous le choc et l'ancien danseur étoile menait la conversation avec une voix tout à fait normale et pas du tout aigüe. Il s'énerva et manqua de s'étouffer en finissant son verre de Bandol au énième sursaut de Schindler.

-Mais je viens de te dire que la voix aigüe c'était aussi une parade pour toucher des allocs !

-Mais pourquoi ? renchérit Schindler. Je ne comprends rien ! Ça suffisait pas Alzheimer ?

-Si, enfin non ! C'est trop classique comme maladie et en plus vu qu'après ma carrière de danseur j'ai fait animateur commercial en supermarché, paf ! Invalide !

Tu imagines un type qui fout l'ambiance avec une voix d'écureuil castré toi ?

-Vous êtes un génie en fait, s'inclina finalement Schindler.

Le parcours était atypique mais balèze, et nous étions tous les trois impressionnés de pouvoir manger une ratatouille avec un homme d'une telle envergure. Yannis restait de marbre, impassible, on ne l'entendait pas. Il était sage comme une image, gentil comme une vignette Panini. Je profitai d'un petit silence pour y aller de ma petite question :

-D'ailleurs, comment connaissez-vous Simon monsieur ? J'ai entendu parler de stages que vous animiez ou de trucs comme ça…

-Oui ! Formidable ! Des stages d'expression corporelle pour apprendre à se tenir sur une scène. C'était surtout très sympathique pour le portefeuille !

-Merci pour moi, dit Schindler du fond de son gouffre.

-T'es devenu quoi d'ailleurs grâce au stage ? Tu n'as pas fait carrière ensuite ? dit le vieux en s'adressant à Schindler.

-Si, justement. Non en fait je n'ai pas fait carrière.

Yannis se réveilla et saisit sa chance :

-Ah si, raconte ! Dis à ces messieurs dames que tu as obtenu des rôles assez conséquents !

Schindler se sentait de plus en plus mal à l'aise et avait du mal à finir son morceau de pain.

-Non je n'ai pas, je n'ai pas réussi, dit-il légèrement.

-Ah mais si ! s'exclama Yannis. Un grand doubleur ! Il faut absolument que vous admiriez ses performances dans : « La bite ne fait pas le moine » ou...

-Bon ça va ! Ta gueule ! C'était alimentaire ces doublages ! Je ne voulais pas, je rêvais de jouer dans des trucs d'aventure comme : « Vingt Mille Lieues sous les mers » mais...

-Ah mais tu l'as fait ça aussi ! « Vingt mille yeux sous ta mère » ! Et la scène finale elle était tellement intense ! Extraordinaire même !

Schindler tapa fermement du poing sur la table.

-Ca suffit maintenant ! Je ne pense pas que madame et Robert aient envie de connaître tout mon CV d'un coup ! D'ailleurs, tu veux qu'on reparle de tes performances pendant le ramadan ?

Yannis éleva la voix lui aussi :

-Pardon ?!? Répète ce que t'as dit là ! Tu n'en as pas marre de cet argument pourri que tu me ressors à chaque fois ?!? Oui, j'ai du mal à faire le ramadan plus de deux jours et alors ?!?

Je me devais d'intervenir car Robert le danseur et sa femme assis devant nous observaient l'engueulade à la manière d'un match de tennis avec moi entre les deux joueurs.

-Mais vous allez la fermer bordel ?!? m'exclamai-je. On n'est pas là pour régler nos comptes ! Appréciez au moins le repas qui nous est gentiment servi et écoutez ces gens !

116

Ils s'étaient tus et le vieux danseur avait repris :

-Bon, donc je faisais des stages sur Marseille quand j'étais encore un peu danseur. Maintenant je fraude, enfin je profite des failles du système et …Qu'est-ce que je voulais dire déjà ? Ah oui ça y est ! Je suis très heureux de vous avoir là parce que j'avais quelque chose à vous proposer.

-C'est payé combien ??? demandai-je pressé.

-Doucement jeune homme. Gabriel c'est ça ?

-Exactement.

-Laisse-moi poser les bases. Vous connaissez Jean-Pierre Dupin ?

Nous répondîmes en cœur :

-Non !

-C'est le mafieux du coin, un peu notable, ancien restaurateur.

Schindler interpella Robert :

-Attendez ! Dupin, ça a un lien avec Stéphane Dupin ?

-Je n'en sais rien. Le seul truc que je sais c'est que son fils a un salon de coiffure à Gruissan et il doit sûrement s'appeler Dupin vu que c'est son fils !

-C'est lui ! s'exclama Schindler tout content. Ah ça pour un hasard dîtes donc !

-Quel hasard ? Ne me dis pas que t'es son meilleur ami ! demanda le vieux d'un air menaçant.

-Non c'est une ancienne connaissance mais on en vient de chez lui ! On y a passé la nuit. Donc son père ?

-Tiens, ça m'arrange si vous êtes déjà dans le milieu. Son enfoiré de père avait tout mis en œuvre pour m'interdire d'acheter un restaurant sur le port sous prétexte que je cachais mes origines et que j'étais en réalité un mafieux sicilien du nom de Truffatore tentant de se faire passer pour un honnête monsieur Truffat.

-Il avait raison, dit Schindler.

-Mais non ! Tu n'as rien compris ! Je suis un faux italien mais un vrai français et je me faisais appeler Truffatore pour avoir la classe !

-Cependant vous êtes Anglais ?

-Non plus ! On vous a menti, on a brouillé les pistes, j'ai appris la langue quand j'étais jeune à force de faire des galas dans le monde.

-Ah ? Bon, continuez.

-Par contre, ça m'a bien aidé plus jeune de me faire passer pour un anglais, surtout avec les filles.

-Pourquoi ? demanda Schindler intrigué.

-Parce que les françaises elles s'imaginent qu'en sortant avec un anglais elle sorte avec James Bond !

-Ouais ben les anglaises avec un Français c'est comme sortir avec Alain Delon jeune non ?

-Non, malheureusement on leur fait plus penser à François Hollande.

-Ah.

-Par contre après ma carrière je suis devenu animateur commercial mais je voyais plus grand ! Un restau sur le port avec du soleil et des gaufres chantilly qu'on aurait vendu vingt-cinq francs pièce !

La femme avait quitté la table pour revenir avec une corbeille de fruits. C'était à l'ancienne, un peu trop même et à la suite des propos du vieux j'imaginais Chirac dans le rôle de l'amant français plutôt que Hollande.

-Dupin, sachez-le les gars...Il a dû arriver à l'âge de trente ans dans le coin, dans les années quatre-vingt. Il vient de Lorraine, c'était une star là-bas, il avait fait un tabac.

-En faisant quoi ? demanda Schindler.

-Il avait fait un tabac.

-En faisant quoi ? répéta Schindler.

-Il avait fait un tabac ! Un bar-tabac en Lorraine ! Et son établissement jouissait d'une belle réputation parce que ses clients y enchainaient les gros lots au Loto et aux trucs à gratter.

Après comme quelques petites secondes de flou le vieux reprit sa description :

-Bon, et ce vieux Dupin a eu ce restaurant dont je ne me souviens plus du nom, puis un autre puis il a acheté un camping puis deux et un salon de coiffure pour son fils. Il a même des parts dans : « Pirat Park » !

-Dans Pirat quoi ? questionna Schindler.

-« Pirat Park ». Une fête foraine permanente pas loin de l'Intermarché. Mais je peux vous dire que l'été ça doit brasser un fric monstre !

Il mit la paume de sa main sur sa joue et regarda le ciel d'un air léger, il avait vraiment l'air d'aimer le pognon. Schindler l'interrompit dans son micro-rêve.

-Concrètement on fait quoi ?

-Foutez-moi le bordel dans toute la famille et dans l'entourage. Emmerdez-les, amusez-vous et faîtes-moi plaisir ! Je n'ai plus rien à perdre, je veux juste les foutre dans le pétrin mais je ne peux pas. Mon entourage et moi-même, on ne pourrait pas, on se ferait griller. Mais vous, vous avez l'air si inoffensifs, presque bras cassés, personne ne vous craindra !

Même s'il se foutait un peu de notre gueule, l'idée était bonne. Schindler demanda deux minutes de réflexion et nous convia à aller faire un petit tour dans le jardin avec lui. J'étais partant pour le défi mais à la seule condition d'être rémunéré. Il me fallait cet argent pour pouvoir partir aux Seychelles. La décision commune fût vite prise, c'était d'accord mais en échange d'une gratification. Le vieux répondit favorablement et nous repartîmes vers Gruissan et plus précisément chez « Salamèche coiffure », comme le Pokémon. Schindler était fou de joie. Il avait carte blanche pour draguer les coiffeuses et moi, moi, ma poche vibrait et vibrait. C'était mon père. J'avais laissé Simon et Yannis se rendre à l'intérieur de la boutique avant de m'isoler sur le grand parking à touristes à moitié rempli en ce jour de pré-été afin de le rappeler.

Après à peine une demi-sonnerie la voix de mon père se fit entendre, il lança un « Allô ! » hâtif.

-Papa ? J'ai vu que tu m'avais appelé. Rien de grave ? Comment va maman ?

-Ta mère ? Actuellement elle est au bord de la piscine en train de siroter un cocktail.

-Ah ouais, la détente quoi…

-Mais non ! Qu'est-ce que tu t'imagines ??? Elle s'arrache les cheveux sur ses dossiers ! On bosse nous ! Pour pouvoir te payer ta Lotus et tes escapades !

-Papa, calme-toi. On peut se parler gentiment.

-Je ne suis pas d'humeur ! Et je te rappelle que tu as une mission. Alors prends toi en main mon grand tu n'as plus quinze ans !

A sa voix qui ne cessait de devenir menaçante j'avais trouvé la faille, tout simplement en élevant la mienne à mon tour.

-Justement ! J'allais t'en parler, j'ai rencontré quelqu'un de très important et figure toi que je travaille pour lui maintenant !

-Ah bon ? Et quel genre d'énergumène as-tu dégoté encore ? Un éleveur de perruches ? Ou un jeune comme toi qui vide les comptes de ses parents ?

-Pas du …

-Remarque, dit-il en me coupant la parole, c'est peut-être un danseur étoile nain drogué et escroc.

-Oui ! C'est un dan… enfin c'est un mec qui est dans le commerce, dans l'immobilier et qui a failli avoir un restaurant aussi.

-Fais gaffe, ne te fais pas encore enfler ! Ne me refais pas le coup des judokas !

-Quels Judokas ?

-Pas plus tard qu'il y a un an mon cher ! Quand tu m'as vendu l'idée que le monde manquait de réseaux sociaux pour judokas sur Internet. Quel fiasco ! Enfin au moins ton associé de l'époque qui t'avait soufflé l'idée et avait disparu comme par magie a dû prendre du bon temps avec mes confortables avances financières !

-C'est du passé tout ça ! Ça arrive les mésaventures dans la vie.

-Certes, mais il faut s'arranger pour que cela arrive le moins possible et là je te sens bien parti pour les collectionner ! Bon allez je te laisse, il faut que j'aille rentrer de l'argent que je donnerai gracieusement aux impôts, argent qui permettra de financer tes futures allocations chômage ! Mais non je suis bête, il faut avoir travaillé un peu pour avoir droit au chômage !

Il m'avait raccroché d'un coup sec à la gueule tandis que dans le même temps Yannis et Schindler sortaient du salon de coiffure. Schindler tenait un petit post-it dans la main et marchait en l'agitant lentement.

-T'as chopé un numéro beau gosse ? demandai-je.

Avec la bouche ouverte et ravie d'un benêt qui va à la fête foraine il avait répondu en chantonnant :

-Oui mais pas seulement ! Ce soir c'est soirée costumée et nous sommes les bienvenus !

J'avais souri, et tapé dans la main de chacun de mes camarades. Schindler ajouta :

-Par contre, je n'ai toujours pas compris pourquoi elle nous avait dit qu'elle serait ravie de voir trois détectives privés dans la même soirée.

Je ne lui avais rien dit même si je savais pourquoi.

Mickey mousse et Cendrillon rince

L'activité pour le restant de la journée venait d'être trouvée. Il nous fallait trois costumes. Logique pour une soirée costumée. Nous fonçâmes donc à Narbonne par la route à touristes traversant les vignes. L'endroit légèrement vallonné laissait apparaître çà et là les quelques baraques de propriétaires de vigne. La belle route au beau décor menait petit à petit au gris de l'entrée de la ville de Narbonne et de sa zone commerciale.

L'hypermarché bétonné, mais pas désagréable à regarder grâce aux quelques pins parasols qui gisaient sur le parking, devait regorger de magasins dédiés. Ce genre d'endroit où des jeunes sans fric viennent dépenser la maigre indemnité mensuelle que leur verse leurs parents. La vieille tenancière de la carterie nous avait redirigé vers un truc bizarre de location de costumes. C'était à deux minutes de bagnole et ça portait un nom sorti de nulle part comme « Vesti-fête » ou « Décor-toi ».

L'intérieur impersonnel avec les faux plafonds à moitié installés aurait pu servir d'usine à Papa et Maman. Schindler choisit Mickey, je lui avais dit pour le narguer qu'il allait crever de chaud et j'optai pour Robin des Bois peut-être plus léger et donc plus adapté à la saison. Yannis voulait lui aussi se réincarner en celui qui volait aux riches pour donner aux pauvres mais j'avais été le plus rapide. Il manifesta sa déception par ces quelques mots : « Beuh, je prends quoi alors ? » teintés de nonchalance et d'un peu d'accent du sud.

-Cendrillon ! s'exclama Schindler. Cendrillon t'irait à ravir !

Yannis eut un regard vide.

-Mais en vrai ?

-Cendrillon je te dis ! Tu n'as pas de couilles ou quoi ? Si tu fais ça tu vas être la star de la soirée, tu seras le mec qui a osé ! Et tu choperas !

Il hésita trois longues secondes, tout en mimant d'un geste tendre le jet d'un sort.

-Non je ne le fais pas ! Et je n'ai pas besoin de ça pour choper !

-Ah bon parce que tu as d'autres qualités ?

Je vins aussitôt à la rescousse de ces deux grands caractériels qu'étaient mes copains et pour éviter un nouveau départ de feu je proposai :

-Si tu ne le fais pas, je le fais ! T'as qu'à prendre Robin des Bois je te le laisse.

-Merci Gaby, c'est vraiment super sympa, dit Yannis.

-Ouais les gars ! On a une mission, et on la fera à fond ! On va bien emmerder la Dupin Company et ça va commencer dès ce soir !

J'étais chaud, je commençais à trépigner d'impatience. Comme un boxeur qui s'apprête à monter sur le ring. Et j'ajoutai :

-On n'irait pas se boire quelques bières là ? Afin de s'échauffer !

L'idée fût vite validée par mes camarades et cela tombait bien car à l'hypermarché le pack, ou plutôt le carton, de vingt-quatre canettes était en promo ! Et même tiède, ce breuvage était le bienvenu sous la chaleur écrasante du pourtour méditerranéen.

Le lieu de la soirée était la station balnéaire de Port-la-Nouvelle. Une petite ville située entre Montpellier et Barcelone et plus précisément à une dizaine de kilomètres au sud de Narbonne. Nous avions trouvé un endroit sympathique afin de savourer nos bières tièdes tout en encerclant la Ford de Yannis comme si c'était quelque chose d'aussi précieux que la Joconde.

Après quelques canettes, l'heure vint de se mettre en route. Un peu éméché, mais pas suffisamment pour donner le plaisir ultime à la maréchaussée de pouvoir retirer l'un de nos permis, nous enfilions nos costumes. Les jours étaient longs et même après dix-neuf heures le soleil restait aussi haut dans le ciel qu'un après-midi d'hiver. L'ambiance était joyeuse. Heureusement car si même une voiture avec Mickey, Robin des Bois et Cendrillon tirait la gueule, où irait le monde ?

On filait, filait, Sigean d'abord, quand tout à coup Yannis pila, sans raison apparente.

Bref. Certes, on avait un peu bu mais c'était étrange. Autant un chien qui sacrifie sa vie pour bousiller

126

l'avant de ta bagnole, ça peut arriver. Mais il faut avouer qu'un zèbre qui traverse à vitesse réduite, et pas dans les clous, ce n'est pas banal en Europe. Mais un zèbre qui a subitement envie de traverser la route ce n'est pas très grave. Un zèbre qui chie sur un capot, c'est un poil plus emmerdant. Yannis, derrière son volant, regardait ce spectacle comme si c'était juste un tracas de la vie quotidienne. Il râlait, klaxonnait comme si l'automobiliste devant lui s'était endormi quand le feu était repassé au vert. Schindler devait se poser la même question que moi, étions-nous en bad trip à cause des bières ?

Mais en fait, il y a plus embêtant qu'un zèbre qui traverse sans prévenir et qui fait ses besoins sur le capot d'une voiture. Il y a le zèbre qui recule au son du klaxon puis qui s'avance à nouveau avant de mettre un gros coup de patte dans l'aile.

C'était vraiment la tuile. Mais fort heureusement l'animal avait choisi un véhicule déjà amoché. Défiguré de naissance en fait. La voiture avait une petite déformation mais qui ne semblait pas effrayer Yannis. Franchement, on m'aurait fait ça sur ma Lotus, j'en aurais pleuré. Ce n'était pas un sentimental de la bagnole le Yannis, il privilégiait la fonctionnalité de cet engin à quatre roues à l'inverse de Schindler qui était amoureux voire fanatique de sa Nevada.

Les filles nous attendaient pour la soirée costumée et nous repartîmes, après avoir perdu du temps, vers Port-la-Nouvelle. Robin des Bois, Mickey et Cendrillon à fond dans la Ford. Une espèce d'arche de Noé s'il avait fallu sauver les personnages préférés des enfants à travers les générations.

Le village était désert, comme hors-saison malgré la période touristique qui arrivait. Schindler disait : « On ne peut pas se tromper, c'est à l'entrée du village, sur la droite dans les lotissements moches ! ». Il ajouta :

-En tout cas c'est à côté de la route de Belbèze ça m'inspire pour choper ! Yannis ? dit-il en s'adressant au pilote. Elles nous avaient dit de sonner à Erleben ?

-Ouais, répondit Yannis qui conduisait tel un robot.

-Attends, c'était Erleben ou Verbindet ?

-Ouais, répondit-il une deuxième fois.

-A moins… A moins que ce soit la sonnette « Ben Laden /Obama » ?

-Fort possible.

Schindler perdit patience devant la nonchalance du chauffeur :

-Tu te fous de ma gueule ou quoi ?!? Tu crois qu'on va se bourrer la gueule chez Obama et Ben Laden ???

-Ca va être compliqué, avait dit Yannis, il y en a déjà au moins un qui n'a pas le droit à l'alcool !

Schindler hocha la tête et souffla tout en ne sachant plus quoi faire de son chewing-gum qui trainait dans sa bouche. Yannis ajouta joyeusement :

-Stresse pas Simon, il faut sonner à Erleben.

L'endroit paraissait si désert et il était presque vingt heures, peut-être qu'il n'y avait pas de repas prévu à la soirée obligeant les gens à arriver plus tard pour commencer à boire. Schindler sonna et déclencha par la même occasion les aboiements d'un petit chien. Il était exactement le type de canidé n'ayant aucune utilité. Je n'y connaissais rien en marques de chiens mais il avait presque la taille d'un caniche avec une truffe aplatie comme s'il avait déjà rencontré une baie-vitrée de pleine face au moins une fois dans sa vie. Rien à voir avec le bon labrador fidèle et gentil avec son maître tout en ayant le respect de ne pas importuner le voisinage avec des aboiements aigus et inconfortables pour l'oreille. C'était mon chien préféré, en fait la seule race de chien que je pouvais supporter car, à l'instar d'une voiture, on pouvait le considérer comme un chien « utilitaire ». Ses qualités : la tendresse, le fait de ramener le bâton lancé tout en douceur et aussi et surtout sa capacité à pouvoir guider et accompagner quotidiennement les aveugles. Comme personne n'avait voulu nous ouvrir pendant une très longue minute mes pensées s'étaient arrêtées sur des souvenirs canins. Il y avait le fameux Boxer qui, malgré sa tête de hooligan, était brave et respectueux envers son maître. Certainement le chien le plus surprenant au vu de ses attributs physiques infects et de son amabilité élégante.

La poignée de la porte s'agita légèrement. Une vieille dame montra son visage, repositionna ses lunettes qui descendaient le long de son nez puis avança lentement sur le court chemin qui menait de la porte d'entrée au portillon. Elle gratta légèrement ses avant-bras qui étaient au contact de l'air vu qu'elle avait retroussé les manches de son pull en laine. Nous étions là, stoïques, imperturbables.

-Ah mais quelle surprise ! dit la grabataire.

Elle entrouvrit le portillon et nous fit trois grosses bises bien baveuses. Elle ajouta :

-Mes enfants, je suis si contente de vous voir ! Entrez donc, je vais vous faire des coquillettes et il y aura des yaourts au chocolat en dessert.

Elle se dirigea vers la maison, à son rythme, et je mis un furtif coup de coude à Schindler en murmurant : « C'est qui ? ». Il me chuchota.

-Ça doit être la grand-mère de Laure ou d'Emma.

-Tu te fous de ma gueule ? A presque trente ans les mamies elles n'accueillent pas les amis de leurs petits-enfants ! Ça sera quoi la prochaine étape ?!? Un spectacle de clown et une distribution de bonbons ?!?

Il souffla et se retint de crier :

-Je n'en sais rien moi ! Peut-être que la baraque de sa mamie est plus grande que celle où elles habitent.

-Mais même ! On ne va pas se taper des shots de tisane et foutre de la musique à fond chez la vieille !

-C'est bon, j'en fais mon affaire, un bon somnifère et terminé !

Yannis nous attendait sur le pas de la porte et nous l'avions rejoint tout en gardant en tête que dans le pire des cas nous possédions un pack de bière comme kit de survie.

Affalés sur de vieilles chaises peu confortables, nous observions, en buvant nos bières, la mamie qui préparait le dîner. Après une onomatopée trop longue du qui nous prouvait une fois de plus que sa voix avait des dizaines d'années au compteur, elle questionna Yannis :

-Dis-moi donc, tu es bien basané toi ! Tu viens des colonies ?

-Non, en réalité je n'ai même pas mon BAFA, avait-il répliqué.

Schindler surgit alors sur l'occasion :

-Mais t'es con ! Tu n'es jamais allé en cours d'histoire au collège !?!

-Quoi ? enchaîna Yannis. Elle me demande si je suis bronzé parce qu'elle pense que je viens de faire une colo au bord de la mer !

Schindler balaya avec sa main le bas de ses yeux en soupirant : « Laisse tomber ». La vieille jeta du gros sel dans sa casserole et continua son enquête.

-Mais alors, tu n'es pas Français ?

-Si Madame, je suis né à Marseille. Mon père est Tunisien et ma mère est Française.

-Ah bon ??? s'interrogea la vieille. Mais ils se sont rencontrés pendant la guerre d'Algérie alors ?

-Non pas du tout, et il est Tunisien, il s'appelle Belkacem. Ils se sont rencontrés à Martigues mais ça ressemblait à la guerre aussi en quelque sorte.

La vieille semblait ébahie, c'était comme si elle rencontrait un Martien.

-Ca alors ! C'est formidable. C'est cela qu'ils appellent l'immigration alors ! C'est marrant d'être Français sans être tout blanc.

-Voilà, j'ai la même couleur que votre carrelage, un peu marron.

-Mais, « Belkacem » ce n'est pas algérien ? J'avais un jardinier qui s'appelait Omar, Omar Belkacem un Algérien très instruit, il arrivait parfaitement à lire les compositions des désherbants sans avoir besoin d'aide !

Schindler m'emmena dans l'entrée qui jouxtait la cuisine. Les autres étaient tellement absorbés par leur discussion qu'ils n'avaient pas remarqué que nous nous étions éclipsés.

-Ça craint ! dit Schindler. Soit elle a Alzheimer, soit elle fait copain-copain avec les Le Pen ! On se casse ? En plus j'ai trop chaud avec mon déguisement !

-Il est encore tôt ! répondis-je. Restons au moins pour les coquillettes. Autant grailler ici !

Schindler se concerta avec lui-même, avant de dire :

-Ce n'est pas faux ! Et puis il va falloir commencer à lui parler de Laure et d'Emma !

Alors que nous nous apprêtions à rejoindre les autres, la sonnette retentit.

-Ça doit être les filles ! dit Schindler.

En ouvrant la porte une voix venant du fond d'un coffre de voiture se fit entendre.

-Maman ! C'est Jean-Marie ! Je suis un peu en retard mais j'ai ramené tout ce que tu m'avais demandé.

Timidement et ne sachant trop quoi faire nous nous étions approchés pendant qu'il finissait de chercher des choses dans son coffre. Schindler me fit intelligemment remarquer que ce monsieur s'appelait Jean-Marie ce qui coïncidait un peu avec les idées très arrêtées de sa mère. Il croisa notre regard puis fit un pas en arrière terrifié. Oui, terrifié par Mickey et Cendrillon.

-Qui êtes-vous ??? Si vous avez touché un cheveu de Maman je vous égorge !

-Ne vous inquiétez pas, lui dis-je rassurant. On est là pour la soirée costumée organisée par votre fille !

-Je n'ai pas de fille moi ! Je n'ai même pas d'enfants !

-Ah si ! insistai-je. Laure ou peut-être Emma. Stéphane Dupin ça ne vous dit rien ?

Manifestement Jean-Marie n'avait pas tellement envie de faire la fête.

-Vous avez bu non ? demanda-t-il très sérieusement.

-Trois bières, répondit Schindler, peut-être quatre. Mais, sans charrier, il y a vraiment soirée ici ce soir ?

-Vous vous foutez de ma gueule ?!? J'appelle les flics ! Y'en a marre des squatteurs et des drogués !!!

Schindler et son ton provocateur en avaient profité pour ajouter :

-Vous devriez faire gaffe parce qu'en cuisine il y a un réfugié qui est en train de bouffer gratuit ! Il faut se méfier de lui, rien que sa gueule ça annonce la couleur !

Le quinqua un peu dégarni se mit soudainement à trembler de la mâchoire et ses yeux s'ouvrirent en grand. Il avait vraiment la gueule du père de famille modèle qui est sur le point de se battre pour la toute première fois de sa vie. Une espèce de retenue qui le rendait très coincé, pas du tout rock'n'roll, loin du type charismatique qui fait rêver les filles. Il se jeta au cou de Mickey pendant que « Schindler-Mickey » lui donnait des coups de tête mais pas avec la sienne, avec celle de Mickey qu'il agitait avec sa main. On entendait Jean-Marie gueuler : « Enculé de jeunes ! » et : « Vous avez violé Maman salauds ! ». Et Schindler, à moitié étranglé par le premier, qui répondait : « Ça ne risque pas ! Ta mère personne n'en veut ! ».

Je ne voulais pas me battre. Parce que, déjà, deux contre un, ce n'était vraiment pas fair-play et en plus ce n'est pas le truc le plus glamour que peut faire une princesse. Du coup je regardais, ça n'affolait pas Yannis qui devait entendre les cris depuis la cuisine mais ça commençait à me faire un peu peur. Je ne voulais pas rameuter tout le quartier et surtout pas les enfants. Il ne fallait pas qu'ils découvrent la triste vérité, Mickey étant en réalité un voyou bagarreur puant la bière. La légende aurait été brisée.

Un voisin appela les flics et se mit à discuter avec moi, il pensait que je ne connaissais ni Mickey, ni Jean-Marie. Pendant que les deux bagarreurs se roulaient par terre dans une baston douce, le voisin me disait : « Ah non mais là il y en a un qui va se faire mal à force » avec un accent à mi-chemin entre celui d'un demeuré et d'un mec du sud. J'essayais de ne pas perdre la face et j'appelais en vain Yannis qui semblait être en train de draguer la vieille. Nous avions les moyens de sauver notre peau mais hélas…

Hélas l'adrénaline de la soirée, même si elle n'avait pas vraiment eu lieu, était retombée. Retour par la case flics et sans toucher un centime.

Nettoyage Hasseck

Alors, si je comprenais à peu près. Schindler nous avait dégoté un contact qu'il connaissait vraiment de très loin en la personne de Dupin. Ce dernier nous avait contraint à l'exil vers un autre lointain contact de Schindler : Truffat, un danseur italien, français ou anglais. Qui lui-même connaissait, en fait, la famille de Dupin. C'était hyper compliqué, on aurait dit l'explication d'une théorie foireuse. Mais tout cela était réel.

Etrangement, j'avais l'impression d'être chez moi et je ne savais pas si c'était parce que je m'étais très vite habitué à l'ambiance pré-carcérale ou parce que tous les commissariats se ressemblaient. Des endroits remplis de gens qui ont des gueules à s'appeler Corinne, Didier, Bernard ou Lydie. Un petit gros avec un brin de calvitie nous fît attendre à l'accueil. Le mec qui se trouvait derrière le comptoir avait, lui, une bonne tête, il paraissait presque trop intelligent, c'était louche. Un accent terrible vint se greffer à sa bonne bouille. Il parlait à voix basse et n'en relevait le volume que pour dire : « Bah ouais con » en omettant de prononcer le « n » de « con ». Sa voix était le croisement parfait entre le marseillais à la plage et le toulousain qui regarde un match de rugby. La sonorité détendue, celle qui nous rappelle que l'été n'était plus très loin lorsqu'on l'entendait. Un timbre tout simplement festif. En plus il était plein de bonne volonté, il nous recevait presque aussi chaleureusement qu'un serveur dans un restau avec des : « Asseyez-vous messieurs, on finit de traiter la déposition » et tout le monde se foutait de sa gueule dans les bureaux derrière. Les feignants cachés et qui n'osaient pas aller défier les brigands lui lançaient des : « Hé stagiaire, ne t'endors pas ! »

Puis vint notre tour dans la pièce fermée et sans fenêtres. L'ambiance s'étant nettement refroidie. Le flic, secondé de figurants, envoya tout ce qu'il possédait. Il se présenta à nous sous le nom de « monsieur Jean-Luc Hasseck ».

-Si l'on résume bien, les faits qui vous sont reprochés, débuta Jean-Luc. Ah oui, alors en premier lieu inutile de faire des jeux de mots nazes ou des blagues à la con sur mon nom, je suis rodé.

Il y eut un silence, puis il reprit :

-Ne me regardez pas comme ça ou alors faites les blagues douteuses qu'on soit débarrassé une bonne fois pour toutes...

Ne voyant aucune réaction, il enchaîna.

-Je vais le faire à votre place alors ... Jean-Luc Cassette, Jean-Luc Autoradio, allez merci ! Nettoyage Hasseck aussi ?

Le silence était encore omniprésent. Il classa alors ses quelques antisèches avec sérieux puis se lança :

-Il y a en premier lieu, violation de domicile en présence de la propriétaire des lieux. Vol dans ce même domicile, dans le cas présent il s'agirait d'un sachet de cinq cents grammes de coquillettes de marque : « Panzani » ainsi que de trois pots de Viennois au chocolat de la marque très connue « Nestlé ». Il vous est également reproché d'avoir attendu patiemment, donc la préméditation est retenue, le fils de la propriétaire un certain Jean-Marie Erleben et de lui avoir asséné, selon ses propres termes, des : « Coups de tête de Mickey » et étant donné que vous vous êtes servis d'une prise d'art martial en dehors d'un complexe sportif, cette petite plaisanterie est dorénavant considérée comme : « Attaque à l'arme blanche », vous allez donc également me transmettre vos licences de judo, karaté ou que sais-je…

Schindler demanda :

-Comment ça : « Arme blanche » ? Vous pouvez m'expliquer ?

-Ne vous foutez pas de moi ! Un « coup de tête de Mickey » c'est forcément un truc hyper spécifique ?!?

Schindler commença à ricaner doucement, ce qui lui donna un air un peu trop arrogant compte tenu de la situation.

-C'est un coup avec la tête de Mickey, dit-il. Un coup de peluche et puis je ne suis même pas dans un club d'arts martiaux monsieur le gendarme !

-Policier s'il vous plaît ! reprit le flic avec autorité.

-Ça va, Gendarme ou Policier c'est pareil !

Cet amalgame avait légèrement remonté le flic qui insistait.

-Non ! Figurez-vous que ce sont deux choses radicalement opposés. C'est comme confondre rugbyman et footballeur. Certes ce sont deux personnes pratiquant un sport collectif mais leur discipline est différente !

Schindler semblait sûr de lui et avec Yannis nous ne savions plus trop où nous placer.

-Ce n'est pas faux, c'est mieux d'être un gendarme. Les gendarmes ils ont des motos ils tracent sur l'autoroute à la poursuite d'une Porsche et vous on vous donne des V.T.T. pour aller poursuivre des petits de onze ans qui font exploser des pétards le mercredi après-midi.

Le silence remplaça de potentiels rires. Le flic regarda Schindler de bas en haut avant de lui dire froidement :

-Vous allez rester la nuit chez nous afin de réfléchir à votre analyse jeune homme. Cendrillon et Peter Pan vous êtes libres.

-C'est Robin des Bois et pas Peter Pan ! s'exclama-t-il. Non mais veuillez m'excuser monsieur l'agent, c'est pour rire.

Le flic fit une mine terrible. Dans ses yeux on pouvait lire une idée comme : « Si tu continues ce petit jeu je ne vais pas tarder à t'emplâtrer » à l'égard de Schindler. Puis, il reprit la parole :

-C'est bon de notre côté. Vous pouvez à présent nous raconter votre version des faits.

Schindler vida donc son sac en commençant par un gentillet : « Alors voilà... ». Tout y passa et dans les moindres détails. Le fait d'avoir acheté des bières, le nombre de clopes fumées, la description de la boîte aux lettres de Madame Erleben. Les flics restaient sympas et laissaient le fonctionnaire développer notre chronologie des évènements puis il dévia légèrement de son discours :

-Et votre espèce de Ford toute cabossée qu'on a vu lorsqu'on est venu vous chercher, elle n'aurait pas été un petit peu volée ?

Schindler reprit calmement :

-On a eu un petit accident avant d'arriver à Port-la-nouvelle avec un zèbre.

-Avec ? interrogea Hasseck.

-Avec un zèbre, répéta de manière monotone Schindler.

-C'est-à-dire : « Avec un zèbre » ? redemanda Hasseck.

-Sur la route, un zèbre a traversé sans regarder et, vexé parce qu'on l'avait klaxonné, il nous a refait l'aile avant.

-C'est formidable, c'est exactement ce qu'il nous faut, lâcha Jean-Luc l'air pensif avec une main devant la bouche.

Il se leva puis se concerta rapidement avec ses collègues.

Il se remit sur sa chaise et nous demanda :

-Vous avez bu ? Fumé ? Sniffé un truc ? Répondez honnêtement s'il vous plaît.

J'avais décidé de prendre la parole :

-En vérité, on a bu quelques bières mais sinon pas de drogues. Certes, on a de l'herbe dans la boîte à gants mais en petite quantité, c'est pour notre consommation.

Hasseck agita son index et lui et ses collègues eurent une réaction étrange, comme un soupir d'étonnement. Et Jean-Luc agita encore son doigt en leur disant : « Ouais…Ben ouais, c'est exactement ce que je vous avais dit, c'est fantastique ! ». C'est alors que je leur avais demandé :

-Il y a un problème ? On ne comprend pas trop là.

Hasseck arrêta de hocher sa tête et ravala sa salive.

-C'est très fort en fait, vous n'avez pas l'air drogué, je veux dire, vous n'avez pas les yeux défoncés, vous ne tremblez pas. Mais vous l'êtes c'est sûr ! Et ça a vraiment l'air d'être de la bonne en plus.

-Comment ça ? demandai-je. Faîtes-nous au moins un test avant d'insinuer ces choses-là !

Schindler me prit doucement alors la main avant de reprendre la main dans la confrontation.

-Attendez, ça détecte jusqu'à combien de jours en arrière votre truc ? Juste pour info bien sûr, dit-il un peu stressé.

-En fait, je n'ai même pas besoin de faire les tests, dit Hasseck, c'est un truc que j'ai appris quand j'étais basé à Pontoise au début de ma carrière. Mon chef de l'époque m'avait dit : « Jean-Luc, certaines personnes sont camées et en avance sur leur temps » et on aurait pu faire tous les tests imaginables, ça aurait été indétectable !

-On ne comprend rien, demandai-je. Comment avez-vous su qu'il était drogué ?

Hasseck enchaîna, sûr de lui :

-Justement, c'était un Chinois ou un Asiatique, enfin les deux sûrement. On l'avait arrêté pour un fait mineur. Et après nous avoir raconté un peu sa propre vie, on avait tout de suite vu qu'il n'était pas très net. Imaginez ! Il avait tout de même appelé ses enfants Lou et Ping !

-Ce n'est pas grave vu qu'il était asiatique, dit Schindler en toute logique.

-Oui mais il était surtout forain ! s'exclama Hasseck en faisant tourner son doigt.

-Et alors ? demanda Schindler. Lou et Ping et … Ah ben oui forcément…Looping. C'est un hommage finalement. Remarquez c'est pratique ces noms-là, c'est international.

Hasseck laissa deux secondes de silence avant de recommencer à propager son message.

-De ce fait, et je vais être clair avec vous. Soit, vous coopérez, soit vous passez la nuit chez nous et on analysera plus en profondeur la plainte déposée par monsieur Erleben.

Schindler et moi-même demandions en même temps :

-Coopérer ? C'est-à-dire ?

-Vous devenez nos collaborateurs en quelque sorte.

Nous prîmes deux minutes de réflexion avant de répondre favorablement. Qui sait ? Il y avait peut-être de la maille à se faire.

Jean-Luc Hasseck se leva alors, ouvrit la porte et gueula :

-Joël !!! Au pied ! Tu raccompagnes ces trois messieurs por favor. Et tu donnes le numéro, il faut qu'ils m'appellent demain. Et tu leur expliques le…enfin le truc qu'on avait parlé, pour les indics, enfin la drogue.

Oui, oui il avait dit : « Le truc qu'on avait parlé » mais bon ce n'était pas Voltaire, seulement un flic.

Et ce fut sur cette grammaire raffinée que nous repartîmes avec le jeune flic. Très sympa, mais très simplet. C'était le style de mec qui possédait une gueule de premier de la classe combinée à un cerveau de culturiste. Très étrange, certainement un spécimen de : « puceau du Languedoc-Roussillon ». Durant le trajet nous menant à la Ford de Yannis, toujours garée dans la rue de la vieille Madame Erleben, Schindler, assis à l'avant animait la conversation. Au début, cela s'apparentait à du fayotage en bon et due forme mais en fait sa stratégie d'enquête était très finement menée. Il entamait un véritable interrogatoire auprès de Joël et tout y passait. Les horaires de travail, les loisirs, célibat ou en couple. L'agent Simon Schindler entrait de plein pied dans la phase de manipulation non sans quelques petites phrases de séduction amicale comme : « Ah ouais ? Un mec comme toi célibataire ?!? Je ne peux croire ça ! » pour abreuver son discours. Et la cible était parfaite. Le mec simplet à qui on redonne confiance en lui se sent pousser des ailes immenses.

Vers vingt-trois heures environ la voiture de police arriva dans la rue de la vieille Erleben et le jeune flic eut soudainement un moment d'inquiétude.

-Aie ! On a papoté, papoté mais j'ai oublié de vous expliquer ce que le commissariat veut vous faire faire en échange du retrait d'éventuelles poursuites judiciaires.

Schindler, tenant encore sa ceinture de sécurité dans la main lui répondit de manière enthousiaste :

-D'accord ! On va boire un verre et tu nous expliques tout ça !

-Non merci, répondit le flic. Je suis de garde jusqu'à une heure du matin. Tant pis, je vais vous expliquer rapidement ici.

Schindler enfila alors son sourire de faux-cul et lui annonça poliment :

-Ah non ! Ah, s'il te plaît ! Tu nous as ramené jusqu'ici, on t'invite ! C'est la moindre des choses !

Les petits yeux du flic montraient qu'il venait de céder à la tentation.

-Bon…Mais qu'est-ce que je vais dire à ma hiérarchie ?

-Tu appelles ça une hiérarchie !?! s'emporta Schindler. Moi j'appelle ça des mercenaires qui te traitent comme un moins que rien ! Est-ce que tu te rends compte de la manière dont ils te parlent ?!?

-Oui mais, essaya-t-il d'enchaîner timidement.

-T'as qu'à leur dire qu'on t'a fait chier jusqu'à une heure moins cinq et que quand on t'a enfin lâché c'était l'heure de la fin de ton service !

Le flic accepta facilement et Schindler ordonna : « Gaby, Yannis, dans la Ford ! On vous suit ! » . C'était encore une fois : « Direction Gruissan », comme une histoire qui se répétait sans fin. Allait-on croiser un Dupin ? Je n'en avais pas très envie au vu de l'échec de la soirée dont les deux filles étaient responsables.

Poulet rôti

Les bars s'alignaient au bord du port. Ce n'était pas encore la folie mais certains vacanciers étaient, tout de même, déjà là. Schindler et son nouvel acolyte, à qui il tapotait l'épaule comme on peut le faire à un vieil ami, arrivèrent quelques minutes après nous. Simon lança un moqueur : « Excusez-nous du retard les gars mais je n'avais pas Schumacher pour pilote dans la bagnole ! ». Il fit un signe discret afin de montrer qu'il charriait gentiment le flic, et ajouta :

-Allez ! C'est ma tournée ! Tous en terrasse !

Il avait demandé au flic de choisir la boisson qu'il souhaitait avant d'ajouter : « On se fait le Whisky de l'amitié pour commencer ! » et de commander quatre whiskies purs au serveur qui passait par là. Le flic nous regarda et dit :

-Mon chef, monsieur Hasseck, veut faire de vous nos trois indics pour la drogue douce et dure sur le secteur. La saison estivale s'installe et nous avons plusieurs établissements dans le collimateur.

Je n'en revenais pas, c'était excitant d'être voyou et justicier. Schindler regarda le flic et lui demanda :

-On doit faire quoi ? Fais court, on aime aller à l'essentiel nous.

-En fait …

Le flic lâcha soudainement un soupir de douleur.
Schindler, qui paraissait très inquiet, lui demanda :

-Ca va mec ?

-Pas trop, j'ai mal aux cervicales. Ca me le fait depuis un petit moment en plus. Ça doit être à cause du tennis.

-Les médicaments ça ne marche pas ? demanda Schindler.

-Pas tellement, répondit Joël.

Schindler adressa un rapide clin d'œil à Yannis avant de répondre au flic :

-Il n'y a plus qu'un moyen, le remède de grand-mère qu'on connaît tous. Il faut fumer un gros pétard pour que ça détende tout de l'intérieur.

Schindler nous regarda enthousiaste en nous demandant : « Je n'ai pas raison les gars ? ». Et nous avions alors machinalement acquiescé, comprenant la supercherie tandis qu'au même moment le serveur nous déposa nos quatre verres. Le jeune blessé reprit alors ses esprits :

-Vous me faîtes marcher là ?

Schindler le comédien lui répondit :

-Pas du tout, c'est une technique connue ! C'est même l'une des rares drogues autorisées dans le sport de haut niveau. Un pétard ça détend plus le corps que trois heures chez le kiné !

Afin de porter secours à un Schindler de moins en moins convaincant Yannis avait lâché une banalité comme : « Ouais il a raison ».

Après un petit moment de silence, qui laissait entendre le léger vent chaud présent dans le port, Schindler s'exclama :

-Allez ! Cul-sec ! Santé et bonne réflexion !

A peine son verre terminé, le flic se pencha vers Schindler pour lui faire part de son intérêt et l'ami Schindler commanda la même chose en clamant : « C'est pour moi ! » avant que le flic ne l'interrompe en lui demandant si ils pouvaient aller fumer « de suite ».

-Non, il faut boire un peu plus, répondit-il. En plus, comme tu m'as dit que t'avais jamais fumé, ne faut pas brusquer le truc, fais-moi confiance. T'as besoin d'un gros moment de détente avant, relaxe-toi, bois un coup.

Il ajouta même :

-Parle-nous un peu de toi, on est entre potes. Tu as des frères et sœurs ?

-J'ai une sœur, une petite sœur. Elle a vingt ans mais elle est montée, pour réussir.

-Elle est montée ! s'exclama Schindler. Elle est bien montée ? Elle est bonne tu veux dire ?!?

-Non ! s'énerva le flic. Elle est montée à la capitale ! Elle est partie faire H.E.C. à Paris !

Un gros silence s'installa en un court instant, on entendait les clapotis sur l'eau autour des bateaux amarrés. Schindler décida d'assumer ses propos, à sa manière.

-Je plaisante, je déconnais Joël.

A notre grand étonnement, le flic s'était mît à rire ou du moins à émettre un son étrange comme un : « Gneu » qui le rendait encore moins intelligent que ce qu'il avait l'air d'être. Et Schindler essaya tant bien que mal de rattraper sa petite gaffe.

-Ah ouais donc Paris ! C'est génial ça ! Par contre ça doit douiller niveau loyer ?

-Mes parents lui ont acheté un deux pièces à Jouy-en-Josas.

-Loué tu veux dire ? s'étonna Schindler.

-Non, acheté. Quand ils ont eu fini de rembourser le crédit pour le labo, ils ont eu pas mal d'argent.

Schindler posa la question que nous nous posions tous.

-Le labo ? Quel labo ?

-Le laboratoire de recherche génétique à Toulouse. Mon père est médecin et chercheur en génétique et ma mère est commissaire-priseur mais elle l'aide aussi financièrement.

-Ah, la vache ! s'exclama Schindler. La sœur à HEC, les parents millionnaires et toi… C'est un job d'été que tu fais ?

-Oui et d'hiver aussi.

L'espace d'une seconde, Schindler eut le regard aussi vide que son interlocuteur.

-Hein ?

Puis le flic émit le même rictus que quelques instants auparavant et laissa ressortir son : « Gneu ».

-Je vais être stagiaire pour encore un petit bout de temps, mais je devrais passer gardien de la paix avant la fin de cette année.

Schindler saisit une nouvelle fois l'occasion.

-Ah ben faut fêter ça ! C'est ma tournée !

-Et pour mes cervicales ?

-Mais détends-toi ! s'exclama Schindler. Il n'y a pas le feu !

-Tant pis. Un autre jour alors, en plus je crois qu'il y a des dépistages dans la Police, ce n'est peut-être pas une bonne idée. Et puis je ne vais pas tarder à y aller moi.

-Attends, attends ! On va aller fumer, on y va tout de suite.

Bien évidemment, Schindler tira la gueule au moment de payer l'addition. Il avait voulu partager mais le futur gardien de la paix lui avait gentiment rappelé qu'il devait payer seul car il souhaitait tant nous inviter à chaque tournée commandée.

En marchant vers le parking où la Ford nous attendait sagement, Schindler essayait tant bien que mal de retrouver le sourire. Peut-être pour ne pas se froisser avec le policier et mener à bien son plan, qui allait devenir notre plan à tous les trois. En comédien qu'il était, même miné par le dégout de ses euros envolés il continuait son interrogatoire.

-Et dis-moi, tu vis où ?

Le flic répondit que ses parents lui avaient payé une petite baraque à Narbonne pour le féliciter d'être rentré dans la Police. Salauds de bourgeois.

En fait nous ressemblions à de jeunes voyous. Schindler, avec la porte avant droite de la Ford ouverte, roulait le joint sur un parking où il y avait un peu de passage. Fort heureusement, nous ne suscitions pas la curiosité. Il ne faisait pas le radin sur les quantités. Le mélange risquait certainement d'exploser à la tronche de Joël tellement il l'avait dosé.

Yannis et moi-même nous étions assis sur la banquette arrière afin d'assister au spectacle. Il avait même donné le coup d'envoi des hostilités d'un direct : « Vous ouvrez la fenêtre pour fumer ! ». Schindler avait allumé la mèche. On aurait dit un anesthésiste. Il lui tenait la main en lui disant que s'il respectait les consignes qu'il allait lui donner il n'y aurait pas de problèmes.

Joël enchaînait les lattes, crapotait parfois, mais il n'était pas novice, il avait déjà fumé des clopes dans sa vie, il n'avait donc pas de mal à inhaler la fumée. De temps à autre Schindler lui donnait des gorgées de notre dernière bière afin d'éviter l'assèchement.

Lorsque la marchandise ne fut plus que cendres, le flic se mit à parler, à poser des questions trop longues, un peu philosophiques et sans buts précis. La T.H.C. avait agi. Ses premiers mots avaient été : « Je ne sais pas si ça détend les cervicales mais en tout cas ça fait tomber les yeux ».

Schindler, qui était assis à la place du conducteur, nous regarda puis esquissa un sourire. L'expression de la victoire, ou au moins de la satisfaction. Le poulet était rôti, pas complétement en fait, et c'était tant mieux parce qu'on ne savait pas trop quoi en faire. Il ne fallait tout de même pas le tuer.

Tout à coup Joël souffla. Il semblait complètement perdu. Assis, il laissa tomber sa tête en disant : « Chez moi ». Schindler tendit la main vers Yannis afin d'obtenir les clefs. Ce dernier, tel un mac, lui donna son désaccord en bougeant la tête et les deux échangèrent de place afin que le propriétaire en soit aussi le conducteur.

On avait foncé sur les grandes lignes droites nocturnes qui ramenaient à Narbonne et Joël ne prenait la parole que pour donner de brèves indications sur la route à prendre. L'endroit ne nous était pas étranger, la maison du flic se situait dans un lotissement à quelques centaines de mètres de la zone commerciale. Finalement c'était une bonne idée de se trouver là à nouveau, cela nous rappelait qu'il fallait impérativement ramener nos déguisements le lendemain.

La maison de Joël était petite et habillée d'un crépi affreux entre le marron et le jaune. Il affichait un trop grand sourire de californienne refaite et n'arrêtait pas de nous répéter : « J'ai un coup de barre les gars. ». Il

152

avait ouvert la porte et était parti s'affaler dans le canapé du salon. Nous trois vagabondions lentement entre le salon et la cuisine à la manière de potentiels futurs acheteurs. Schindler avait intelligemment remarqué que le flic avait laissé la voiture de service au port de Gruissan. Il secoua Joël, qui dormait déjà, pour lui demander que faire de cette voiture mais il ne répondait pas. Avec notre consentement il lui emprunta les clefs et cinquante euros qui dormaient dans ses poches en disant : « C'est pour le taxi, on te revaudra ça ! ».

Le lendemain, le réveil avait été compliqué. Dormir à trois dans une bagnole sur un parking de Gruissan dégrade la qualité de l'air. Et puis ce soleil qui tape dès six heures et demie du matin ça réveille. L'étau commençait à se resserrer mine de rien. On avait une bagnole de Police à charge, plus vraiment de contact avec Truffat le danseur, et quasiment plus que cinquante euros en poche. Cinquante euros à diviser par trois après avoir offert du Whisky à un flic et l'avoir fait fumer, ce n'était pas cher payé. L'ambiance générale pendant la douche matinale en bord de plage était glaciale. Le dialogue et la déconne semblaient avoir disparu. J'avais proposé à mes deux camarades d'acheter deux ou trois trucs à manger avant de s'éloigner un peu de la ville afin de cacher la voiture de Police.

Nous nous étions enfuis sur les routes. Ils me suivaient et je conduisais seul le véhicule de la maréchaussée. Un rêve de gosse à première vue mais en fait une angoisse monumentale si bien que je cachais ma tête derrière le pare-soleil que je positionnais tantôt devant mon visage tantôt sur le côté gauche en fonction des automobilistes que je croisais.

En fait j'avais voulu partir loin pour trouver mieux que l'étang qui touche Gruissan mais cela n'avait servi à rien et j'avais fait demi-tour pour quasiment revenir au point de départ. A une différence près, nous étions un peu plus à l'abri des regards indiscrets qu'avant. Yannis entama le paquet de jambon acheté en ville plus tôt et Schindler ne fît aucune remarque. Pas même son habituel : « Avec ta religion, tu ne devrais pas faire ça ! ». Assis sur le capot de la voiture il fixait l'horizon les mains dans les poches. La pose était si belle, elle paraissait calculée mais son air semblait plus grave qu'à l'accoutumée. Sans s'adresser directement à un de nous il avait dit : « Le vent, même s'il est léger aujourd'hui, quand est-ce qu'il va s'arrêter ? ». Personne n'avait répondu. Il ajouta : « Et quand est-ce qu'on arrête les conneries ? ». Je lui avais répondu qu'il n'y avait pas d'inquiétudes à avoir puisqu'on allait ramener cette voiture de Police à ses propriétaires. Il inspira d'un coup sec :

-On ne s'est pas compris, dit Schindler. Qu'est-ce qu'on fout là ? Nous trois, sans rien ! Pas chez nous ! Pour rien !

-Pour l'instant ce n'est pas fameux, répondis-je, mais on a quelques contacts et les résultats viendront ensuite. Il faut être patient, c'est comme ça que ça se passe dans l'entreprise, mon père m'a dit ça !

-Mais on s'en branle de ton père ! Je le respecte, il est talentueux dans ce qu'il fait mais je ne te parle pas de lui je te parle de nous ! J'ai quitté un job pour toi ! Et Yannis aussi !

En fait je ne savais pas si c'était une énième fausse menace de Schindler comme il avait l'habitude de le faire pour arriver à ses fins, mais en le voyant tourner lentement autour de moi avec la main droite vibrante et les yeux au bord des larmes je sentais que la situation devenait désespérée. Qu'avais-je à leur dire ? Que je venais de me faire larguer ? Oui, Manon m'avait quitté par simple message la veille mais je suis insensible au choc, ma peine met du temps à s'installer. Et de toute façon, ils s'en foutaient sûrement. J'étais bien né, on m'avait filé le droit de glander plus que la moyenne et eux avaient tout quitté pour me suivre dans une aventure qui ne menait peut-être à rien. Pourtant je commençais à y croire. Je nous sentais de plus en plus apte à dégoter le magot qui m'aurait permis de voir les Seychelles. Après quelques longues secondes de silence, Schindler poursuivit le déroulement de sa pensée.

-Moi, si je suis parti avec toi c'était pour changer de vie au fond. Même si je suis ton copain, je voulais te montrer de quoi j'étais capable. Je voulais devenir un Simon

155

différent, un Simon qui puisse être capable d'aimer une fille plus d'une journée. D'être capable de me reproduire dans un futur proche. Mon objectif finalement c'était de partir dans un bordel pas possible pour en revenir plus fort.

Cela faisait mal d'avoir la vérité servie sur un plateau de cette manière mais ça avait au moins le mérite d'être clair.

-D'accord, merci Simon de tes explications. Je suis déçu, tu viens de me décevoir mais au fond je ne peux pas t'en vouloir. Et toi Yannis ? Tu n'as rien à me dire ?

Il fît un petit signe de la main qui montrait qu'il n'avait pas envie de parler et la colère monta petit à petit en moi.

-De toute façon, le jour où tu parleras par toi-même ou prendra une décision, ça sera un miracle !

Il ne répondit toujours rien, et son regard était passé du neutre au menaçant.

-Non mais sérieux ! Regarde-toi Yannis ! Mais bouge-toi, t'es grand ! Tu nous suis sans rien dire ?

-Je vais arrêter, je vais repartir avec Schindler, annonça-t-il d'une voix sereine. De toute manière, tu ne comprends pas, tu ne comprends rien. T'as même pas essayé de réfléchir pour comprendre ce qu'on essayait de faire pour toi. Certes, en échange de nos efforts, j'avais l'intention de te demander une petite place dans l'entreprise de tes parents pour éviter de galérer toute ma vie dans une pizzéria mais je n'ai même plus envie. En plus on paie notre coloc une blinde.

156

-Mais tes études ? Enfin, ça fait une décennie que tu dois les reprendre, dis-je un peu arrogant.

Il avait croisé les bras et avait répondu :

-Mes études c'est foutu, j'ai arrêté trop tôt, j'aurais dû les reprendre maximum deux ans après, je réalise jour après jour que ce n'est plus possible.

-Donc en fait vous êtes venus avec moi pour trouver un boulot ou pour gagner des sous ? Comme des putes de luxe ?

Ils n'avaient rien répondu et par leur silence ils m'avaient mis K.O. et je ne pouvais plus compter que sur moi-même, pour la première fois de ma vie probablement.

-Franchement, tu y croyais vraiment à cette histoire de Hollandais et de voiture qu'il fallait aller rechercher loin de chez nous ? demanda Yannis après une trop longue minute de silence.

Ils m'avaient dit qu'ils voulaient rentrer à Aix et de toute manière il m'était impossible de les retenir eux et la Ford. Je me retrouvais avec la voiture de Police qui me paraissait être un corps inerte dont je devais me débarrasser. Mon téléphone sonna et une voix familière m'interrogea :

-Monsieur Garvu Gabriel ?

-Oui, lui-même.

-Hasseck à l'appareil. J'ai une bonne nouvelle, enfin une nouvelle pas mal.

-Je vous écoute.

-C'est par rapport à l'affaire des éventuels cannabinoïdes de synthèse.

-Qu'est-ce que vous racontez encore ? Nous ne sommes pas dealers…je veux dire, oui mais on est des futurs repentis, c'est fini tout ça !

Il souffla légèrement et continua son speech.

-Mouais…bon, je ne vais pas y aller par quatre chemins. Si vous et tes copains, vos copains pardon, acceptez de me rendre un petit service je fais passer le dépôt de plainte de Monsieur Erleben en : « Main courante ».

-Et ça change quoi ? demandai-je.

-Beaucoup de choses ! Ca étouffe les éventuelles poursuites judiciaires pour vous et de notre côté ça nous permet de ne pas avoir à enquêter. Vous savez, ça m'arrange parce que, enquêter sur Mickey et ses copains ça va un moment, déjà que ma femme m'a forcé à emmener mon gosse à Disneyland il y a deux ans et…

-Oui, oui ! J'imagine bien ! Mais, rapidement, ça consisterait en quoi ?

-Alors, vous trois, vous allez vous faire embaucher au resto « Pic Vacances » à Gruissan. Ça ne devrait pas poser de problèmes, ça tourne vite là-bas, l'espérance de vie d'un salarié est de quinze jours en moyenne ! Si possible un ou deux en salle et le reste en cuisine, histoire d'avoir les yeux partout !

-A ce sujet je voulais vous avertir d'un petit changement. En fait on a décidé de se séparer en deux groupes, annonçai-je au flic.

J'attendais une réaction de sa part mais rien ne venait.

-Schindler et Belkacem ont décidé de créer un groupe de deux et moi de créer un groupe de…un. Avec moi-même donc.

-Bon ! Il faut vraiment que tu…que vous fassiez ça pour moi ! Je n'ai pas envie de passer deux mois à enquêter sur une baffe de Mickey, ce n'est pas rentable pour nous !

-Mais ça consiste en quoi le job ?

-Alors, la bouffe que sert « Pic Vacances » est dégueulasse. Du coup, ils n'ont pas énormément de clients et nous on se demandait comment le patron arrivait à s'y retrouver d'un point de vue financier avec un emplacement hors de prix et pas mal d'employés. On est quasiment sûr que ce resto blanchit l'argent de la drogue ou autre chose. Et étant donné que vous connaissez un peu ce milieu sale, vous nous paraissez être les candidats parfaits pour infiltrer l'établissement.

-D'accord, entendu, j'accepte la mission. A ce propos je voulais vous dire, on a ramené Joël chez lui hier soir…

Hasseck m'avait coupé la parole en me demandant qui était ce fameux Joël. Le doute s'empara de moi et je lui avais demandé si son apprenti s'appelait bien Joël.

-Ah lui ouais, répondit-il. Vous faîtes ce que vous voulez dans votre sphère intime. Que vous passiez du bon temps avec Joël ou avec une fille je ne veux pas le savoir !

Je n'avais pas eu le temps de lui expliquer qu'il avait déjà raccroché, me laissant seul dans une impasse. Est-ce que

Joël était simplement de la main d'œuvre bon marché pour lui ? Où est-ce que des lois autorisaient un tel dédain des patrons envers leurs apprentis ? Et puis, devais-je absolument retrouver Joël ou me détestait-il déjà ? De toute façon j'avais besoin d'une voiture, je devais donc garder sa voiture.

J'étais parti l'après-midi même à la recherche de ce fameux restaurant dont Hasseck m'avait parlé. Il semblait un peu excentré mais se trouvait en fait dans un endroit attractif, à l'entrée d'une avenue pleine de camping. Sur la grande terrasse contaminée par les rayons du soleil, une dizaine de personnes, divisées en trois groupes, se rafraîchissaient. Derrière le bar, une jolie grande blonde inaccessible m'avait dit que le patron était occupé mais ne voyait aucun problème à ce que je lui laisse un C.V. . Je croyais que ces feuilles de papier étaient nécessaires lorsque l'on voulait exercer un vrai métier. Disons un métier pour lequel on doit mettre un costard.

Finalement j'avais pu m'arranger pour discuter brièvement avec le propriétaire des lieux qui, avec son fort accent, paraissait pressé. Il m'avait demandé pourquoi j'étais désireux de travailler si je n'avais pas de C.V. et je lui avais sereinement répondu que ma motivation était grande même si je n'avais pas cette foutue feuille de papier. Finalement nous avions convenu que j'allais effectuer un essai d'une journée le lendemain à partir de « neuf heures trente précises » comme il l'avait si bien dit. Je lui avais demandé à être placé à la caisse mais en retour il m'avait fait un petit regard qui sous-entendait qu'il me placerait là où quelqu'un allait manquer.

Le jour le plus long

Après avoir passé une très mauvaise nuit dans la voiture et à l'abri des regards indiscrets, j'avais gagné, très en avance, le restaurant. Non pas par rigueur ou grand professionnalisme mais parce que le soleil levant m'empêchait de dormir après sept heures du matin. La police moderne n'ayant pas encore équipé ses véhicules de volets roulants.

Si j'avais bien compris, nous étions devenus des indics, c'est-à-dire des délinquants un peu trop baltringues pour être des voyous mais pas assez propres sur eux pour être flics. C'était comme un labyrinthe démarré par la fin. L'histoire semblait complètement improbable et inexplicable, un peu comme dans une mauvaise série télé.

Pour faire bonne impression j'avais demandé au patron, dont j'ignorais toujours le nom, la signification du nom de son restaurant. « Pic parce que je viens des Pyrénées-Orientales et il y a des pics là-bas, et vacances parce que les gens qui viennent manger ici sont en vacances » m'avait répondu le quadragénaire brun d'environ un mètre quatre-vingt-cinq de haut en caressant sa barbe de trois jours. Puis, il m'avait très rapidement collé à la mise en place qui consistait à prendre un couteau, une fourchette, les enrouler dans une serviette, mettre le tout dans une grande corbeille et recommencer. La fille et le gars qui m'accompagnaient dans cette tâche ingrate avaient l'air sympa mais personne n'osait parler. Peut-être que le patron, qui était en train de passer ses nerfs au téléphone sur un certain Maurice, n'aimait pas cela.

Quand vint le quatrième : « Maurice tu m'emmerdes ! » d'affilée, la fille se mit à parler. Elle me demanda si je pouvais lui filer un coup de main dans la chambre froide. Je lui avais répondu que je n'y voyais aucun problème parce que je commençais à ressentir un besoin de rafraîchissement. Et afin d'être sûre d'avoir misé sur le bon cheval elle ajouta :

-Tu sais filmer ?

-Oui, répondis-je étonné.

-Tant mieux ! Tu vas pouvoir m'aider, on a une grande palette à renvoyer chez le grossiste et il faut la filmer à nouveau.

-Mais pourquoi la filmer ? Et pourquoi tu as besoin de moi pour prendre une photo ou filmer un chargement sur une palette ?

Elle fit un rapide sourire puis :

-On ne s'est pas compris je crois. Il faut la filmer, l'entourer d'un film plastique si tu préfères et à deux on ne sera pas de trop.

-Ah ! Filmer !!! m'exclamai-je. Je déconnais, j'avais compris bien sûr !

-Tu t'appelles comment ?

-Jean-Claude et toi ? dis-je plein d'entrain.

-Rose-Marie.

J'avais rigolé furtivement, elle avait capté au quart de tour ma vanne et était très rapidement entrée dans le jeu.

-Non, moi c'est Gabriel et toi ?

-Rose-Marie.

-Ah d'accord ! Donc c'est Rose-Marie ! Ça aurait pu être Rose ou Marie !

Elle esquissa un sourire tout en répétant que c'était bien Rose-Marie son prénom et elle me demanda de la suivre. Tout en s'occupant de cette fameuse cargaison à « filmer » elle me demanda si j'étais dans la restauration depuis longtemps. J'avais vaguement réfléchi à éventuellement lui dire que j'étais en réalité détective privé comme j'avais dit aux Dupin ou bien dealer de drogues « nouvelle génération » comme le pensaient les flics mais finalement j'avais dit que j'étais en période transitoire.

-Tu es en réorientation professionnelle en fait ? me demanda-t-elle.

-Pour être tout à fait honnête, dis-je, je recherche plus de dix mille euros pour emmener aux Seychelles une fille avec qui j'ai rompu et qui finalement doit être en train de se taper un enfoiré d'interne ! Pardon. Bref, et mes deux, très bons potes on va dire, viennent de me lâcher et puis je n'habite pas ici mais j'ai réussi à me faire loger par des locaux, un faux danseur étoile et un coiffeur hétéro la première nuit.

J'avais expiré un bon coup en faisant un bref signe de la main à la manière d'un condamné qui refuse de s'exprimer. Elle me regarda en tournicotant comme si elle attendait que je finisse ma phrase puis ricana légèrement. Elle croyait que je jouais un rôle en fait et elle n'avait pas tort d'y croire. Dévoiler sa vie privée en si peu de temps avec quelques poussées de colères puis des gestes de désarroi s'apparentait à un oral pour intégrer la Comédie-Française. Elle reprit :

-Moi c'est Rose-Marie, ou Rose si tu veux. J'ai dû arrêter mes études il y a quelques temps. En attendant de pouvoir peut-être les reprendre je fais des saisons.

Elle avait un truc si particulier. On ne la remarquait pas parce qu'elle n'avait rien de fou. Mais ses yeux et sa voix me faisaient quelque chose quand ils me regardaient et qu'elle me parlait. Je l'aidais à filmer et je pensais à elle, j'avais presque envie de remercier Hasseck de m'avoir fait bosser dans un gourbi pareil. J'aurais été incapable de retenir la couleur de ses cheveux ou de son grain de peau. Je voulais y rester, je devais convertir ma période d'essai en contrat à durée déterminée ! Et j'avais fini par m'auto-persuader que la mise en place d'une cinquantaine de tables prises par le vent en terrasse était finalement une activité ludique. Evidemment, je n'allais pas avoir de coup foudre pour cette personne mais le simple fait de croiser sa route était la seule chose sympathique qui m'était arrivée ces derniers jours. Une sorte de second souffle, quand on pense que tout est minable dans ce monde, les flics comme les restaurateurs et qu'on tombe sur une personne bien. Mais afin de profiter quotidiennement de ce sourire, de cette voix, il fallait faire bonne impression pendant cette journée d'essai.

Dix heures et demie, c'était déjà l'heure du déjeuner pour nous. Comment avoir faim d'haricots verts à une heure pareille ?!? J'avais pourtant l'obligation de manger si je voulais éviter la crise d'hypoglycémie pendant le service. Après ce repas le chef, dont j'ignorais encore et toujours le nom, m'avait emmené en cuisine en me faisant comprendre que j'allais y passer la journée. J'avais quand même essayé de lui dire que ma spécialité était plutôt la salle mais il ne voulait rien savoir.

-Tu sais faire les tomates mozza ?

-Oui chef ! répondis-je.

-Et tu sais faire trois boules de glaces avec un peu de chantilly et l'ajout d'une cigarette russe ?

-Aussi chef !

-Ça suffit ! On n'est pas à l'armée ! Et les salades chèvre chaud ?

-Euh… Ce n'est pas un plat un peu trop compliqué pour un resto à touristes ?

-Tu te fous de ma gueule ?!? Tu n'as jamais bossé en restauration ?!?

Malheureusement, je l'avais déjà énervé sans le vouloir et avec un air timide j'avais répondu :

-Si, mais seulement en salle.

-J'espère bien. Salade chèvre c'est la base, ce n'est pas du niveau de la Tour d'Argent.

Lui et ses chaussures marrons s'en allèrent en soufflant d'exaspération. L'avais-je déjà réellement énervé ou était-ce un bizutage ? Alors qu'il faisait mine de s'en aller, il avait rapidement rebroussé chemin et m'avait dit :

-Tu feras les desserts et la plonge aujourd'hui.

J'avais évidemment acquiescé avant de lui demander :

-Et les toilettes c'est où ?

-Par-là, dit-il d'un geste vague et imprécis.

J'y étais allé et moins de dix secondes après je l'avais entendu élever la voix avec un bel accent chantant : « Non ! Pas cette porte, sinon tu chies dans mon bureau ! ».

Il ne devait même pas être midi et c'était déjà un carnage. Il faisait chaud et il y avait trop de bruit. Les premières commandes arrivaient et les bons s'alignaient sur les pics au-dessus du plan de travail qui communiquait avec la salle. Rien qu'en démarrant leurs phrases par des : « Allô ! Pour la douze en direct ! » les serveurs m'épuisaient déjà et me faisaient perdre le fil. Un cuisto coiffé d'une calvitie et un peu grassouillet vint me coller pour me transmettre sa sueur et surtout pour effectuer un scan visuel des premières commandes qui venaient d'arriver. Il m'avait dit : « On va faire dix kilos de frites d'avance, ça ne sera pas de trop ! » puis il m'ordonna de m'occuper des croque-monsieur. Je lui avais répondu sereinement que ça aurait été avec plaisir mais que le chef m'avait demandé de m'occuper de la plonge, des desserts et éventuellement des salades. Le cuisinier me demanda alors :

-Il t'a dit ça Aristide ?

Ce à quoi j'avais répondu :

-Qui est Aristide ?

Le gros n'avait pas l'air très patient mais en même temps c'était compréhensible étant donné que c'était déjà le feu.

-Aristide ! s'exclama-t-il. Le big boss !

-Ah mais c'est pour ça qu'il ne voulait pas me dire son nom ! Ça fait nom d'arrêt de bus un peu ! C'est dingue, il n'y a que des prénoms pourris dans le coin ?

-Oh ?!? Comment tu t'appelles toi ?

-Gabriel.

-Ouais tu n'as pas tort ! Ça fait pourri et bourgeois en même temps ! En tout cas le chef de partie c'est moi ici et si tu n'es même pas capable de faire des croque-monsieur je ne vois pas ce que tu fous en restauration.

Je ne savais déjà plus quoi en penser de ce type-là. En l'espace d'une minute il avait été débile puis il m'avait chambré gentiment puis il avait été désagréable. Espérons que ce genre d'ambiance restait rare dans le métier. Malgré le climat, je devais rester, au moins pour les yeux de Rose, pour ne pas dire Rose-Marie.

Une heure après, j'avais déjà grave la dalle et j'avais envoyé au moins quatre croque-monsieur cramés et pas mal de paires de boules de glaces plus elliptiques que sphériques. Je commençais légèrement à tanguer un peu comme si Feu Schindler m'avait tendu le mélange de trop en me disant : « Normalement ce n'est pas très fort… ». En clair, j'étais sobrement bourré ou comme bourré en étant net. A ma grande surprise Aristide était seulement venu me voir pour me demander si j'avais un briquet car le sien l'avait lâché et au passage il m'avait demandé d'accélérer la cadence. Mais j'étais déjà à fond ! Comment faire ? Rose aussi s'était fâchée car j'avais fait un mauvais « pressing » ou « dressing », je ne sais plus, sur une salade. Mais pourquoi m'engueulaient-ils tous ? Je débutais dans le métier !

Vers les quinze heures, le « cuisto con » m'avait ordonné d'aller prendre une pause d'une demi-heure car le soufflet était un petit peu retombé et les rares personnes encore présentes dans l'établissement commandaient seulement des crêpes et des glaces. Et vu la tronche de la pâte à crêpes j'avais presque eu envie d'aller les dissuader d'en commander. Mais en fait cette pause était un prétexte, voire même un guet-apens. Le chef Aristide voulait me voir en terrasse afin de discuter de mon avenir. En marchant entre la cuisine et la terrasse j'avais pris soin d'attraper Rose-Marie au passage et de lui demander si elle comptait rester longtemps car j'avais quelque chose à lui dire. C'était une bonne technique pour créer le besoin. La « bande-annonce » de moi-même finalement.

Aristide était assis à une petite table ronde métallique grise sur laquelle trônaient un cendrier à moitié plein et des papiers en tout genre. Il retira ses lunettes de soleil qui faisaient mi-beauf, mi-aviateur et dit :

-Bon, je ne vais pas te faire patienter plus longtemps. Je vais te dire ce qui allait et ce qui n'allait pas.

-J'écoute, dis-je attentivement.

-T'es lent, tu te plantes trop souvent, tu fais les mauvais choix. Si tu pouvais passer ta journée en pause, tu le ferais. Regarde ! Je n'arrête pas de la journée ! Gégé, Patrice, Rose-Marie, ils sont vaillants !

Je n'étais peut-être pas au niveau des autres, mais il me semblait que j'étais bien plus vaillant que lui, peut–être qu'enchaîner les clopes en terrasse faisait partie du job.

-Et les points positifs ? demandai-je.

-Hormis le fait que tu aies une belle chemise je ne vois pas. C'est bien d'avoir du goût mais tu bosses à la plonge, pas à la banque !

-C'est mon premier jour, laissez-moi seulement le temps de prendre mes marques ! me défendis-je.

-Désolé mais ce sera le seul et l'unique, je fais les saisons avec mon restau, il me faut des gens déjà prêts, on n'est pas au Club Med ici.

-Soit, et pour le paiement on fait comment ?

-Je ne te dois rien, c'était un essai, me dit-il en détournant peu à peu le regard.

-C'est dégueulasse ! J'ai travaillé, peut-être mal, mais je ne suis pas votre esclave ! Je vais me plaindre !

-Plains-toi si tu veux ! T'as même pas de contrat !

-C'est injuste ! Vous faîtes bosser tous les gens au black ici ?

Il s'alluma une nouvelle clope tout en faisant « Non » de la tête puis il expulsa longuement la fumée et posa une main sur la table.

-Tu sais, je vais être honnête avec toi. Les temps sont durs. Le restaurant m'a coûté un bras, je n'ose même pas te dire le prix, ça me déprime d'avance. En plus, ça ne tourne pas aussi bien que je l'aurais voulu mais heureusement avec mon associé on a aussi une entreprise de déménagement qui se porte bien mais en combinant nos deux affaires on arrive de justesse à l'équilibre.

Un restaurateur et un déménageur qui s'associent, ça sonnait comme le début d'une bonne blague mais en même temps quelles preuves avais-je pour ne pas le croire ?

-C'est très bien tout ça Aristide, mais moi…

-Du coup je déclare la plupart des gens à vingt heures par semaine alors qu'ils en font quarante-cinq et je complète de la main à la main quand je peux !

-Oui d'accord, j'entends bien mais moi je suis dans une situation critique. Je vous propose la moitié du Smic horaire au black et je vous fais la plonge et même le ménage !

J'avais marqué une pause et j'avais repris, je ne pensais qu'à Rose.

-Aristide ! Les yeux dans les yeux, j'ai vraiment besoin de ce putain de job !

Il me regarda, passa son pouce sur son nez et s'exclama :

-Gabriel ! Tope-là ! Cinq euros de l'heure !

-Non dix ! On a dit la moitié du Smic horaire.

Il retira ses lunettes de soleil et dit :

-Dis-moi que tu déconnes là ! Ce n'est pas vingt euros le Smic horaire. T'es un bourgeois de Paris en immersion chez des pauvres en fait ?

-Non pas de Paris ! … Non je ne suis pas un bourgeois non plus… Mon père travaille dans une usine de fabrication de chevilles ! Et ma mère aussi d'ailleurs !

-Mouais, je vais te faire un petit cadeau. Je vais te filer six euros de l'heure en cash. Tu pourras me remercier parce que t'es gagnant et on verra dans une semaine si on prolonge ou pas.

Au milieu de son discours il fit un grand geste à quelqu'un au loin tout en disant : « Viens ! » puis il reprit.

-Par contre tu dragues qui tu veux, je ne veux pas le savoir, mais tu ne touches pas à elle.

« Elle » comme il l'avait dit c'était la silhouette à qui il avait fait signe. C'était une sirène pleine de haine mais aussi un visage familier qui s'avançait vers moi. Des boucles blondes, mais un peu lisses, tombantes sur des omoplates, un haut noir, un sac à main bleu pastel et des lunettes de soleil remontées au-dessus de ses yeux fatigués. C'était Laure. La fameuse Laure du clan Dupin et compagnie. Je ne sais pas pourquoi mais le fait de se faire larguer fait rouvrir les yeux sur les trésors de ce monde. Certes, cela ne dure qu'un instant parce que la peine est encore intacte. Je l'avais trouvé pas mal la première fois que je l'avais vue mais là c'était carrément mieux. Aristide ajouta :

-Je te présente ma nièce.

-C'est ta nièce Laure ?!? Votre nièce pardon.

-Ouais. Comment tu connais son prénom d'ailleurs ?

-Rien, non. J'ai dormi chez elle, enfin à l'étage une fois.

La situation m'intimidait un petit peu quand même. Entre l'Aristide un poil patriarche et menaçant et Laure avec laquelle je me posais beaucoup de questions. On avait dû lui faire mauvaise impression avec Schindler et Yannis, et puis qu'avais-je inventé pour justifier notre présence ? On avait dû lui dire qu'on était des détectives privés en mission. Mais en même temps elle nous avait entraîné dans un guet-apens qui nous avait conduit chez les flics. Elle s'assit puis échangea quelques banalités avec son oncle avant de dire :

-Ça me fait plaisir de te revoir !

Elle me l'avait dit à la manière d'une maîtresse qui parle à son chien. Il ne manquait plus que le fameux : « C'est un bon toutou ça ! ». Elle ajouta :

173

-Et cette soirée costumée c'était bien ? Je suis désolée, on a été retenu au dernier moment.

J'avais eu envie de tout lui balancer à la tronche. Ces déguisements loués et salis pour rien dont d'ailleurs je ne savais même pas ce que Schindler en avait fait. Je voulais lui parler aussi de notre atterrissage chez les flics et lui dire que c'était à cause de tout cela que je me retrouvais en face d'elle à ce moment. Je lui en voulais mais finalement je lui avais répondu que nous non plus nous n'étions pas allés à cette soirée. Notre relation paraissait belle car nos sourires de politesse étaient jolis alors qu'il y avait beaucoup de choses cachées derrière, peut-être étions nous tout simplement revenu à égalité dans le jeu auquel nous jouions ? Chacun ayant autant importuné l'autre. Rose-Marie débarqua et dans un élan de courtoisie je lui avais présenté Laure comme une amie et en précisant que c'était la nièce du patron.

Aristide avait fini par me dire que j'étais libre pour ce soir-là et puis il avait ajouté : « Et demain neuf heures et demie jusqu'à quinze heures puis dix-neuf à vingt-deux heures ou minuit on verra mais tiens-toi prêt ! ». Comme Rose me suivait de la terrasse à la route, Aristide avait fait une réflexion comme : « A demain les amoureux ! ». Elle avait soupiré en disant qu'elle en avait : « marre du mafieux ». Et tandis qu'elle ouvrait le coffre de sa vieille Clio, elle me demanda :
-Et c'était quoi le truc important que tu voulais me dire ?
-Moi ? Rien pourquoi ? répondis-je hésitant.

En la voyant aussi désespérée je m'étais souvenu :

-Ah si ! Je me souviens ! En fait, oui c'était pour savoir…vu que je ne connais pas trop la région …enfin, est-ce que je peux dormir chez toi ce soir ?

On était chacun de part et d'autre de la Clio et elle m'avait regardé un temps d'un air abasourdi alors que j'avais les mains posées sur le toit brûlant du véhicule.

-Non seulement tu te fais pistonner pour bosser dans un restaurant en haute saison alors que tu es nul et en plus il faudrait que je fasse l'hôtel gratuitement ?!?

-Moi pistonné ?!? Jamais de la vie ! C'est juste un flic qui m'a, enfin un pote flic qui m'a donné le nom du restau.

-Qu'est-ce que c'est que cette invention encore ? Tu viens de me présenter la nièce du patron et tu oses me dire que tu n'es pas pistonné !

L'ambiance devenait tendue et nous nous étions installés à l'intérieur du véhicule afin de ne pas nous donner en spectacle devant les passants.

-Oui ! m'exclamai-je. Je connais Laure mais c'est parce qu'un de mes potes qui a disparu, enfin il n'est pas mort, connaissait son mec qui était homo ou le mec de sa sœur je ne sais plus et on a dormi dans sa buanderie mais je ne savais pas que son oncle avait un resto.

-Je ne sais pas si t'es schizo ou mythomane toi…

-Attends Rose ! Je vais t'inviter à boire un café et je vais tout te raconter et pour ce soir je trouverai une autre solution.

Elle souffla puis désabusée me dit : « Allons plutôt à la plage ».

On avait un peu l'air à côté de la plaque ma chemise et moi sur la plage des Ayguades mais de toute façon le choix dans ma garde-robe était assez restreint. Plus le temps passait, plus ces bords de mer et tout cet environnement me paraissait de plus en plus chaleureux alors qu'au début j'avais tendance à penser que cette station balnéaire était exclusivement remplie de gros beaufs toulousains et montpelliérains. Rose m'extirpa de ma contemplation laconique de la plage en entamant la conversation :

-Tu sais, je suis désolée pour tout à l'heure. J'aurais dû être un peu plus polie mais je me méfie de plus en plus des gens à présent.

Elle était en maillot et je crevais de chaud avec mes vêtements de cadre dynamique, j'avais répondu :

-Je comprends, j'y suis allé un peu fort aussi mais c'est juste parce que je suis dans la merde. Mais par contre il faut bien que tu saches que je n'ai pas été pistonné. Et cette Laure nous a beaucoup fait de mal à mes potes et moi, j'ai juste voulu rester poli devant Aristide.

-D'accord, c'est oublié et pour chez moi j'aurais bien voulu mais…

-Tu as un mec ? Je comprendrais tu sais.

-Oui si on peut dire, il a trois ans.

-Mais t'as quel âge ?

-Vingt-cinq et toi ?

-Pareil, dans les vingt-cinq, mentis-je. Mais son père ?

-Le coup classique. Il s'éloignait de moi alors je le provoquais en lui disant que j'étais enceinte et puis un jour j'ai vraiment arrêté la pilule et je suis vraiment tombée enceinte. Il est devenu fou. Je ne l'ai plus jamais revu.

Pendant qu'elle finissait sa phrase elle s'était mise à regarder loin vers l'horizon, deux petits ruisseaux coulaient sur son visage. Maladroit, je lui avais tapoté légèrement l'épaule et comme elle s'était penchée je l'avais embrassé sur la joue gardant sur mes lèvres un échantillon de ses larmes. Je devais tout lui dire, il m'était obligatoire d'être le plus honnête possible envers une si belle personne. Mais ça devait être un sacré choc pour une fille fauchée et courageuse d'apprendre qu'un jeune fils de millionnaire voulait dormir chez elle. Elle avait séché ses larmes et avait dit :

-Alors, raconte-moi. Parle-moi de toi, je t'écoute. Je suppose que ta vie doit être plus passionnante que la mienne.

-Oh non tu sais… Voilà, en fait à la base je devais trouver environ dix mille euros pour amener ma copine, presque ex maintenant, aux Seychelles et pour éventuellement la demander en mariage.

-Dix mille ? Mais c'est une bourgeoise ? Pourquoi voulais-tu lui en mettre plein la vue ? Nous les femmes on veut voir des preuves, pas des efforts financiers.

-Oui certes, dis-je. Mais elle en fin de compte elle devait aimer mon argent. Plus j'y pense et plus je me dis que cela devait être vrai.

Elle fronça légèrement les sourcils puis me demanda logiquement :

-L'argent, tu as de l'argent toi ?

-Moi non mais mes parents en ont un peu.

-C'est-à-dire ? Ils sont profs ? Médecins ?

-Non pas tout à fait …

-Qu'est-ce qu'ils sont alors ?

-Dirigeants d'entreprise, une entreprise qui marche bien dans son domaine, numéro un de la cheville en France et sûrement numéro un dans le monde aussi.

-De la cheville ? Ces petites tiges qui ne coûtent trois fois rien chez Castorama ?

-Oui, et qui ne coûtent trois fois rien à fabriquer !

-Mais pourquoi tu fais la plonge dans un restau ?

-C'est compliqué, j'ai une super bagnole, j'aurais pu la vendre pour me constituer le capital nécessaire mais j'ai fait le niais. J'ai voulu m'auto-persuader et faire croire aux autres que je pouvais y arriver par moi-même, alors je suis venu vers ici avec mes potes, ils ont l'air de rien comme ça mais ce sont vraiment des types bien de m'avoir aidé à ce point.

Quelques micro-rafales de vent interrompirent mes phrases mais elle ne me lâchait pas du regard. Un peu comme si les rôles s'étaient inversés. Ses cheveux bruns attachés semblaient avoir de la compassion pour moi alors que je n'avais rien d'exceptionnel. J'avais la seule responsabilité de mes vêtements et aucun enfant à charge. On se regardait tels deux beaux vagabonds des temps modernes. Elle m'offrit une cigarette, elle était belle pour une fumeuse, elle n'avait pas cette voix rauque et déstabilisante que peuvent avoir les adeptes de la clope, ni les dents trop jaunes. Elle n'était pas forcément jolie en fin de compte mais elle avait un truc dans les yeux, dans la voix. Un fil invisible qui semblait me tirer vers elle. Pour la première fois de ma vie, je découvrais, peut-être, ce que le charme représentait concrètement.

Comme ma présence ne la dérangeait pas plus que cela, je lui avais demandé si elle devait bosser le soir même. Elle m'avait répondu que non et qu'elle avait filé son gosse à son frère parce qu'elle était de sortie avec des amis. Me sentant exclu du jeu j'avais répondu un peu dépité : « Ah d'accord… » et je me disais que c'était con car vu que son gosse n'était pas là, j'aurais pu dormir chez elle. Touché mais pas coulé je lui avais quand même demandé :

-Et avant ta soirée tu vas manger toute seule ?

-Je verrai bien, dit-elle.

-Et ça te dirait d'aller manger toute seule mais avec moi ?

Elle était en train de remettre son haut et comme je ne voyais plus son visage le simple fait d'attendre la réponse à cette question créait un suspense insoutenable. Je me disais que finalement elle devait tout simplement être mignonne en tenue normale parce que la première fois que je lui avais parlé elle était fringuée pour le travail et donc moins appétissante. Elle me regarda quelques trop longues secondes et me répondit d'un timide : « Oui ». J'avais dit : « D'accord » mais si je ne m'étais pas retenu j'aurais hurlé de joie tellement cette annonce me comblait.

Etant donné qu'il n'était pas encore l'heure d'aller souper comme disent les vieux, nous allâmes boire un coup à côté du port à environ deux terrasses de l'endroit où nous avions bourré la gueule de Joël le flic. Il ne fallait pas que je fasse mauvaise impression alors je m'étais commandé un Perrier pour ne pas devenir saoul et raconter des conneries. J'avais sorti une débilité comme : « C'est étrange de venir se détendre dans son lieu de travail ! » pendant qu'elle était en train de se commander un verre de rosé. Elle me trouvait marrant parce que je ne voulais pas d'alcool. Un peu séductrice, elle ajouta :

-C'est bien, au moins tu ne voudras pas te jeter sur moi quand tu seras éméché !

-Ce n'est pas mon genre. Ma mère m'a toujours dit que ce n'était pas bien de s'attaquer aux plus petits que soi !

Elle m'avait souri puis m'avait posé une question un peu plus embarrassante.

-J'ai oublié de te demander, tu as des frères et sœurs ?

Elle stoppa net le processus de destruction que je venais d'entamer envers ma tranche de citron. Je pivotai légèrement ma tête et ma main vint se mettre sur la partie inférieure de mon visage tel un philosophe pensif. Elle souriait, encore, pensant que j'étais en train d'effectuer un nouveau numéro comique.

-Tu sais, répondis-je la voix blafarde. Il y a parfois des drames qui surviennent dans les familles. Toi, c'est le départ du père de ton enfant. Moi, c'était le départ de ma sœur quand j'étais petit. On jouait, on jouait ensemble et elle me disait que mes petites voitures ou mes camions étaient moins beaux que ses poupées. Ça me vexait un peu, mais une demi-heure après elle pouvait être capable de me lire une histoire tout en me serrant contre elle, elle qui bafouillait, qui avait encore du mal à lire mais qui avait l'air heureuse de me montrer qu'à l'école on apprenait à lire.

-Je suis désolée…

J'avais les yeux rouges et la voix serrée, elle me manquait d'autant plus dans cette période de ma jeune vie. Je devais continuer :

-Et si elle avait été là encore aujourd'hui elle n'aurait pas eu besoin de m'engueuler parce qu'entre mes vingt et un et mes vingt-huit ans, oui c'est mon âge réel, je n'ai quasiment pas bossé. Elle n'aurait pas eu à m'engueuler parce que je me levais à onze heures du matin pour glander pendant que la majorité des autres se lèvent à six heures pour aller bosser. Faire des tours de Lotus dans le quartier et dépenser des fortunes dans des instruments de musique sans souci du qu'en dira-t-on je ne l'aurais pas fait si elle avait encore été là. Parce qu'elle m'aurait mis la pression, et parce que mes parents ne m'auraient pas surprotégé par peur que je me vexe et que je les abandonne.

-Moi qui croyais que tu étais un fils de riches à côté des réalités.

-Je l'ai été, je dois l'être encore mais il est grand temps que je me prenne en main. Je dois montrer à mes parents que je peux m'en sortir.

Je voulais m'extirper de cette situation qui m'attristait. Ces moments où ma sœur me manquait, je voulais les garder pour moi seul. Elle me donna une clope que j'avais savourée et je m'étais commandé un verre de rosé. J'avais basculé sur un sujet qui m'intéressait histoire de me redonner du baume au cœur, même si la seule présence de Rose m'enchantait déjà.

-Dis-moi Rose, je voulais savoir. Comment se fait-il qu'Aristide arrive à garder son restau ? Ça doit être un gouffre financier cette affaire ? Il m'a dit qu'il avait une autre boîte pour compenser ses pertes mais…

-Déjà il fait une sacrée économie sur les salaires ! répondit-elle froidement.

-Ah… Ah bon ?

-Il t'a payé ?

-Ah non pas encore.

-Voilà. Et il te paiera en espèces avec ce qu'il trouvera au fond de sa caisse à la fin du service. Ça fait des jours entiers qu'il me dit qu'il a encore malencontreusement oublié le contrat qu'il m'avait préparé.

-Oublié ? Il n'a pas ses papiers au restau ?

-Non, d'après ce qu'il dit, il a plusieurs laveries à Narbonne qui sont très rentables et il a tous ses papiers là-bas.

-Des laveries ?!? demandai-je surpris. L'enfoiré ! Il m'a dit qu'il avait une entreprise de déménagement !

-C'est bien qu'on puisse parler nous deux, on apprend des choses. Au restau personne n'ose trop le critiquer.

-Ou alors c'est un mec honnête mais surmené et en fait il a une entreprise de déménageurs spécialisés dans les laveries ou une laverie qui lave seulement les déménageurs.

Elle rigola et son rire communicatif m'entraîna même si, comme Hasseck le pensait, Aristide était une crapule et j'avais ajouté :

-Et toute cette carte ! Salades, pizzas, hamburgers, moules aussi. Pourquoi vouloir tout faire ? Ça complique la chose !

-Il est un peu égocentrique alors proposer un menu aussi varié c'est une façon de montrer qu'il croit savoir tout faire !

J'avais une folle envie d'abattre mes cartes et de soumettre la thèse du blanchiment d'argent à Rose, mais cette information risquait de se propager et mon enquête allait flancher. Il ne fallait pas oublier que j'étais sous la menace d'un dépôt de plainte de la part de ce fameux

Erleben. Et en plus, qu'est-ce que l'effet de cette annonce allait lui procurer ? Du respect ? Ma supposée intelligence et ma rapide déduction allaient-elles la charmer ? Même si l'affaire avait l'air bien engagée avec Rose, je me devais d'être un autre type d'homme que celui que j'incarnais. Il me fallait être son médicament, son pansement, même si j'avais dû être con comme un sachet de thé. La qualité que je devais posséder était ma présence et le fait de lui faire comprendre que j'étais là avec elle, pour elle.

Le dîner vint et elle me parla de Laure, le dialogue était plus ouvert et détendu grâce à nos trois verres de Rosé chacun au compteur. Cela aurait pu m'agacer mais j'y voyais comme un signe de début de jalousie et je l'acceptais tel un compliment à mon égard. D'autant plus qu'au même moment mon portable vibra, j'avais lu le message tout en souriant et rangé l'appareil dans ma poche sous ses yeux, ce qui éveilla ses soupçons. Elle demanda qui était-ce et je répondis : « Un pote ». Elle ne semblait pas convaincue de la réponse mais pourtant il s'agissait bien de mon pote Schindler. Lui qui avait pourtant rompu avec moi avait eu la gentillesse de m'envoyer un petit message : « Nina : pesée et emballée ! ». Il envoyait toujours un petit message pour annoncer une nouvelle conquête qui se devait être de « longue durée ». Me revenait à l'esprit un : « Sandrine : Lue et approuvée ! ». Ou alors peut-être qu'il avait envoyé ce message de façon groupée et j'avais oublié d'être rayé de la liste de Schindler. Rose avait l'air si intéressée que je lui avais montré comme pour me défendre d'un crime que je n'avais pas commis. Elle trouvait cela déplacé de la part de Schindler. J'avais tenté de lui expliquer que c'était à prendre au troisième degré et finalement elle s'en foutait. Finalement, le repas que je lui avais promis s'était transformé en dégustation de paninis pas terribles devant les bateaux. Un moment de vie à première vue banal mais qui était devenu très agréable grâce à son contexte. C'était notre dernier petit moment d'intimité avant de rejoindre ses amis et je n'avais pas osé tenter quelque chose.

Sur la plage où la boisson nous attendait le décor ressemblait à celui d'une série américaine. Il y avait un feu et des gens posés tout autour. Personne à l'horizon, c'était comme si le bord de mer avait été privatisé. Avec seulement une guitare et des bouteilles pour seules distractions on s'était rapidement emmerdé et Rose pestait un peu. Elle en avait marre de voir ses amis âgés d'au moins vingt-cinq ans ne pensant qu'à boire des culs-secs d'alcools forts bas de gamme. Quelques-uns venaient, originellement, du restaurant mais la grande majorité provenait d'un peu partout. Il y avait des connaissances d'amis et des amis de connaissances, des gens rapatriés un peu comme moi. Cependant, un drame s'était produit. J'avais dû boire. Certes, personne ne m'avait mis le couteau sous la gorge mais j'avais eu ce sentiment débile dont je désirais me débarrasser à mon grand âge. Cette petite voix stupide dans la tête qui vous demande de cacher votre vraie nature derrière l'alcool, comme si c'était cool de puer la vodka et de mélanger des mots qui ne veulent rien dire. Rose buvait pas mal aussi mais elle restait classe, elle m'avait demandé de jouer quelque chose à la guitare et je l'avais fait. Enfin, pour être honnête, je m'étais planté derrière le vrai guitariste et j'avais attendu au moins dix minutes avant qu'il ne me la prête. J'avais tenté « Songbird » d'Oasis parce que c'était la seule que je savais jouer, du moins que je croyais connaître, mais au bout de trente très longues secondes j'avais déjà perdu toute crédibilité. Infoutu de bien faire sonner les cordes, incapable de chanter la bonne phrase sur le bon accord, alors qu'il y en avait que deux, j'avais très logiquement laissé mon public tout à fait insensible à ma prestation. Une petite promenade à l'écart du groupe avait été de rigueur pour tenter de me faire oublier des autres personnes pendant quelques instants. Rose avait couru pour me rejoindre, elle avait dû penser que j'étais trop bourré et que je risquais la noyade. Ce petit échec musical m'avait vite redonné le moral lorsque je l'avais prise par les poignets en lui disant que tout allait bien tel un soldat revenant du front. Je lui avais dit que je voulais lui dire quelque chose, elle s'était approchée et je l'avais légèrement embrassé avec le bruit des vaguelettes pour fond sonore.

Elle m'avait regardé et je ne voulais pas qu'il y ait de malaise alors j'avais ajouté : « Je suis peut–être un peu bourré mais je suis totalement conscient de ce que je fais ».

La suite de la soirée fût sympathique, assis dans le sable en cercle, tout le monde écoutait le vrai chanteur et tout le monde semblait avoir pardonné ma piteuse prestation. Elle commençait à fatiguer un peu avec sa main sur mon genou et son regard un peu dans le vide et moi je prenais volontiers tous les verres que l'on me servait tout en me sentant saoul mais conscient.

-Si tu veux rentrer, dis-le-moi, lui dis-je.

Elle avait eu besoin de quelques secondes afin d'analyser ma question, un peu comme si elle sortait d'un rêve et qu'elle devait se reconnecter à la réalité, elle répondit :

-Non, je me disais…J'en ai un peu marre de ces soirées Chips et Vodka. On n'a plus dix-huit ans ! On devrait faire un effort.

-Je sais que, avec des pédés, rien de tout ça ne serait arrivé.

-Des pédés ? Oh non, Gabriel ! Tu as trop bu ! Tu vas devenir vulgaire !

Elle avait mis ses mains refroidies par l'air marin sur mes joues et m'avait embrassé doucement, tendrement, au ralenti.

-Je dis juste, ajoutai-je, c'est d'après une expérience personnelle. J'avais fait une soirée chez un pédé, et il y avait des carottes et de la mayo maison ! Y'a pas à chier !

Les pédés savent recevoir ! Ils ne t'enculent pas sur la marchandise au moins !

-Pourquoi tu dis « Pédés » ? Tu ne peux pas dire « homos » comme c'est écrit dans le dico ?

-Ça va, on ne peut pas un peu discuter tranquille ensemble quand même… un peu ?

Rose avait, de nouveau, mis ses mains sur mes joues, elle voyait que j'étais mal, elle n'avait pas compris ma phrase, alors qu'elle me paraissait vachement claire.

La vodka du diable

Le réveil fût compliqué après ce voyage olfactif en Pologne. J'osais espérer que les soviétiques n'avaient pas à subir à longueur d'année la Vodka dégueulasse du supermarché de Gruissan. J'avais la gueule en vrac et mes yeux ne pouvaient que difficilement s'ouvrir. De manière très vive j'avais tapé les fesses de Schindler, qui dormait à côté de moi, afin de me motiver. Il m'avait collé une tarte en pleine poire en guise de réponse. Mais curieusement cette baffe n'était pas venue de lui mais de Rose. C'était dingue, les substances alcoolisées foutaient vraiment les neurones en bordel. J'étais à l'ouest complet, ayant presque oublié l'identité de la personne qui m'hébergeait. Je l'avais prise dans mes bras et en me souriant elle m'avait fait comprendre que le problème était déjà réglé.
-Il s'est passé quoi hier ? lui demandai-je. Je veux dire, comment on est arrivé jusqu'ici ?
-Merci pour moi.
-Je n'ai rien dit ! Je ne me souviens pas de tout en fait.
Elle fronça les sourcils ce qui lui ajouta instantanément du charme et relata la situation :
-Je t'ai ramené ici, tu m'as... voilà comme un fou et tu t'es endormi comme un bébé.

-Quoi ??? Comme un fou ??? Mais pendant combien de temps ???

-Tu ne t'en rappelles même pas ?!? Merci ! Ça aura été la dernière fois alors !

-Non ce n'est pas ça mais…Je ne me souviens pas du début en fait. Je ne me rappelle plus qui venait l'idée.

J'étais passé brusquement de ma position allongée à une position assise et mon cerveau s'était mis à taper sur les parois internes de mon crâne. Je lui avais doucement tapoté le dos avant d'ajouter :

-Alors ? Qui a eu l'idée ?

-Tu es drôle ! Tu as subitement le souvenir de quelque chose que tu n'as pas fait ! C'est très fort !

-Mais, on n'a rien fait en fait ??? demandai-je paniqué.

-Rien. Je ne suis pas nécrophile. Je t'ai fait un bisou, tu m'as dit : « beuh boh » et tu t'es étalé comme une crêpe.

Je ne me souvenais plus du tout de cela alors qu'en temps normal lorsque l'on me raconte des faits, la mémoire revient. En tout cas son appartement avait l'air sympa. Petit et cool mais le lit était dans le salon et l'écran plasma qui se trouvait dans mon champ de vision attendait juste qu'on l'allume et qu'on le visionne le jour entier, cependant ma camarade de chambre n'avait pas l'air de penser la même chose, elle s'exclama d'un coup :

-Il faut qu'on se dépêche on va être en retard !

-On va où ? On va se re-bourrer la gueule ? dis-je en rigolant.

-Non on va bosser pour rembourser tout l'alcool que tu t'es enfilé !

-C'est quoi ce délire ? Je ne suis pas off aujourd'hui ?

Elle s'habilla et elle semblait déjà exaspérée :

-Off ??? Tu as commencé hier !

-Ah ouais la vache ! C'est long le travail ! On a le temps de se boire un café quand même ?

-Non, dans une demi-heure il y a le briefing de la journée.

-Ou coucher ensemble ? Ça enlève la migraine apparemment.

-T'es lourd. Dépêche-toi maintenant !

C'était terrible, la brutalité de la vie active, j'allais lui vomir dans ses croque-monsieur à Aristide. Ce n'était pas possible autrement.

A proximité du restau, la première fournée de vacanciers estivaux n'était pas encore réveillée. La chance. Rose m'avait demandé d'attendre cinq petites minutes avant de me rendre dans l'établissement afin de ne pas éveiller les soupçons. Quand vint mon tour, Aristide me serra la main et me fit une remarque sur ma chemise. Il disait que je n'avais pas besoin d'être aussi bien fringué pour faire la plonge et que Pic Vacances n'était pas une fac de droit. Il avait même ajouté :

-Ce qui est rassurant c'est qu'on voit que tu n'as pas l'habitude de porter ce genre de fringues parce qu'un homme normal l'aurait au moins repassée.

La journée démarrait bien avec une gueule de bois incroyable et une critique vestimentaire de la part du Lagerfeld de Gruissan. Son briefing dura un peu moins d'une minute et il était empli de conneries telles que : « On s'accroche », « Vous savez ce que vous avez à faire » et : « Il va falloir de la rigueur pour tenir un service comme celui qui vous attend ». C'était amusant d'entendre un tel speech de la part d'un type qui passait son temps à boire des bières et à fumer des clopes en terrasse. Puis, il m'entraîna à l'écart et me fila trente-cinq euros sortis de sa poche et me rassura vaguement en me disant qu'il n'allait évidemment pas me payer moins du Smic et au black.

-Il faut juste que tu me donnes un peu de temps, dit-il, je t'ai préparé un contrat mais je l'ai oublié à mon autre entreprise. Tu sais, l'entreprise de déménagement. Hier tu m'as déçu mais je n'étais pas bien aussi, je suis sûr que tu vas faire l'affaire, j'ai oublié que c'était ton premier jour. Il faut que tu t'habitues.

C'était un moment particulier, un peu comme si ce type que j'avais pris pour quelqu'un de méchant et sans cœur était en fait quelqu'un de très tendre. Peut-être un écorché vif qui jouait au mec viril. Ou alors tout simplement quelqu'un qui se cachait derrière son statut de patron autoritaire et qui était en fait un homme bien. En le regardant affectueusement avec mon œil qui pleurait la Vodka, je devais être aussi charmant qu'un labrador blessé regardant son maître. Ce ne fût que temporaire et il cassa net ce moment en disant :

-Mais aujourd'hui je ne veux pas te voir en train de te branler les couilles en cuisine ! C'est clair ?!?

Le point positif de la journée avait été le repas d'avant service, il tombait à pic quelques heures après la cuite. Au moment de commencer le service mon chef de partie m'avait interpellé d'un : « Il est encore là le double étoilé au Michelin ? ». Il se foutait de ma gueule mais il avait l'air moins méchant que la veille. Vu qu'il n'y avait pas encore foule j'en avais profité pour faire ma petite enquête auprès de la cuisine car j'avais presque oublié qu'à la base j'étais là pour ça :

-Dis…tu …

Mon chef de partie me regarda et passa sa langue sur ses dents avec un air violent. Ce qui me dégonfla instantanément.

-Il faut que je te demande quelque chose.

Il répondit favorablement avec un : « Je t'écoute petit ».

-Tu as quel type de contrat ? Ne me donne pas ton salaire ça ne me regarde pas. Je veux juste …

-Tu me demandes si Aristide est un escroc en fait ?

-Pas du tout… Mon dieu ! Un escroc ?!? Je voulais simplement savoir si avec de l'ancienneté on pouvait facilement espérer une augmentation de salaire.

-Mais quelle ancienneté ?!? cria-t-il. C'est ton deuxième jour ici !

-Non ce n'est pas ça, mais j'admire Aristide en fait. Il gère deux sociétés en même temps et il est quand même détendu.

Tout en lavant nerveusement son plan de travail, il me regardait bizarrement, il m'avait peut-être démasqué.

-Tu veux savoir quoi au juste commissaire ?

-Je ne suis pas flic ! Je ne suis même pas espion !

-Mais calme toi jeune, je déconne ! Aristide je m'en fous. Il arrive à me payer c'est l'essentiel. Mes heures supplémentaires sont au black et d'autres en nature mais ça va. Par contre je ne sais pas ce qu'il traficote, un coup il va en Espagne pour raisons professionnelles, un coup c'est à Marseille. Il ne doit pas être tout propre.

-Oh vous voyez…Tu vois le mal partout, lui répondis-je, il voit des amis ou des fournisseurs.

-Allez ça y est l'énarque va encore me faire une leçon !

-Mais je ne suis pas énarque non plus !

-Un mec bon à rien et en chemise c'est un énarque pour moi. Mais, il y a quand même une différence, l'énarque aurait au moins fait l'effort de repasser sa chemise.

-Ca suffit avec cette chemise ! Et elle n'est pas parfaite parce que je n'ai pas eu l'occasion de me changer, je ne dors pas tout le temps chez moi vu que je chope moi ! Je suis en quelque sorte un nomade de l'amour !

-N'importe quoi ! Allez, au boulot va ! Puceau !

Je tanguais et multipliais les pauses, même si l'affrontement en cuisine m'avait un peu remis en forme.

Aristide était conscient que je ne foutais rien car, comme moi, il était en pause. Mais j'étais simple plongeur alors peut-être que si je ne travaillais pas tant qu'il n'y avait pas de vaisselle sale je me trouvais en toute légalité ? Les gens mangeaient mais personne n'avait encore fini son assiette. Ma grossière erreur fût de m'asseoir dehors pensant qu'Aristide était parti pour un bon moment. Ce dernier était revenu seulement quelques secondes plus tard et m'avait demandé :

-Ca va le Club Med c'est peinard ? Tu as pris la pension complète ?!?

-Aristide… Pardon, chef laissez-moi vous expliquer, je ne me sens pas très bien j'ai dû choper la grippe.

-Fin Mai ?!? Tu te fous de ma gueule ?!?

-Non ! répondis-je, ça s'attrape toute l'année maintenant à cause du dérèglement climatique et de toutes ces choses-là.

-Tu sais quoi, je suis dans un bon jour. Tu peux rentrer chez toi pour te reposer.

En fait il n'était pas si mal que ça Aristide, il se souciait un minimum du bien-être de son équipe.

-C'est super sympa Aristide, merci. Je reviens dans deux ou trois jours une fois guéri ?

-Non tu peux prendre l'année voire deux ans. J'ai plus besoin d'un guignol comme toi !

-Ari s'il te plaît, laisse-moi une chance !

-Ari ? Mais il n'y a pas d'Ari, évite ce genre de familiarités !

-Passe…Passez-moi sur un autre poste à la limite.

-C'est fini ! Remarque, j'ai peut-être autre chose pour toi. Ça te dirait de faire clown ?

-C'est une blague ?

-Ma fille va fêter ses cinq ans et c'est deux cent euros la soirée si tu acceptes.

Sur le coup je trouvais le projet foireux et même complétement pourri mais le cachet était très intéressant.

-C'est un beau challenge, en plus j'aime bien tout ce qui est music-hall, cabarets…

Il m'interrompit net en me faisant comprendre que je n'avais pas besoin de faire semblant de trouver un intérêt artistique à cette mission.

-C'est au domaine de Vires, il y a un château en pleine pampa. Rendez-vous dans trois jours à dix-huit heures précises. Tiens, voilà ma carte de visite.

-Je trouve que c'est une excellente idée de m'engager comme clown mais pourquoi moi ?

-Tu as l'air drôle. Avec le numéro que tu m'as fait en cuisine tu m'as convaincu.

-Quel numéro ? Je ne suis pas sûr de comprendre.

-Le numéro comique du bourgeois qui essaie de travailler, répondit-il tout en s'enlevant quelque chose du nez, C'était très amusant à voir !

A ce moment-là j'étais vraiment dépité. Malgré mes efforts, mes prestations en cuisine étaient plus drôles qu'utiles. Décidément le travail est un vrai métier qui ne s'apprend pas en un jour.

J'aurais voulu refuser ce petit job supplémentaire de clown parce qu'il se foutait vraiment de ma gueule mais j'étais prisonnier et forcé d'accepter pour pouvoir subsister. Rose débarqua soudainement en terrasse avec quelques assiettes, elle devait surement se demander ce que je foutais là en plein service. D'une voix un peu puissante, qui me permettait d'être audible auprès des clients, mais néanmoins sans crier je lui avais dit :

-Je suis viré, je me casse ! Je t'attends aux Ayguades, rejoins-moi après ton service.

Son visage se crispa, elle regarda Aristide mais elle se remit à sourire car c'était encore son patron. J'avais déambulé rapidement à travers la terrasse en souhaitant un excellent appétit aux clients. Une quadragénaire qui déjeunait m'interpella et me demanda si j'étais réellement viré.

-Et oui madame, lui répondis-je. C'est la vie, je n'étais pas à la hauteur… En revanche, si je puis me permettre, allez-y mollo sur la viande parce qu'elle a passé l'après-midi d'hier en pleine chaleur et ça serait bête de tomber malade pendant vos vacances.

Un vent de panique et d'interrogations souffla sur la terrasse, j'avais continué mon chemin sans me retourner et avec un léger sourire sur la figure.

La vie en Rose

Quand Rose débarqua à notre point de rendez-vous, je m'étais immédiatement excusé d'avoir fait ce petit sketch au restaurant. Certes, je ne m'étais attaqué qu'à Aristide mais par cette petite vengeance j'avais peut-être mis les autres employés dans l'embarras. Les pauvres, ils étaient innocents. Elle me rassura en disant que finalement cela ne jouerait pas tellement en défaveur du restaurant car la grande majorité des clients étaient seulement de passage et donc la pseudo-réputation du troquet n'allait pas en prendre un coup. En tout cas l'air marin était le meilleur remède contre la gueule de bois et la présence de Rose aussi. On n'avait rien à se dire mais on ne s'ennuyait pas. Allongé sur le sable je lui caressais les cheveux et je sentais son souffle près de moi. Mais ce moment agréable fût rapidement interrompu par un appel. Un numéro inconnu cherchait à me joindre. En répondant, une voix familière m'avait dit : « Salut c'est Joël » et, avant d'avoir eu l'occasion d'entamer, ne serait-ce que le début d'une phrase polie ayant pour but de lui demander de ses nouvelles, il m'avait remercié de l'avoir ramené chez lui le fameux soir de la fumette et avait ajouté que la Police voulait mettre un terme à son contrat pour faute grave. Je m'étais levé d'une traite avant de m'éloigner de quelques pas, laissant Rose seule.

Elle se devait d'accepter mon éloignement soudain, car finalement on ne se connaissait pas tellement et j'avais encore le droit à une part d'intimité sans pour autant devenir suspect.

-Faute grave Joël ??? lui demandai-je.

-Oui, répondit-il la voix crispée, on m'accuse d'avoir volé un véhicule du travail mais je suis innocent ! Quand je me suis réveillé la voiture n'était plus là ! Ce n'est pas ma faute, je te le promets !

-Ah… Ecoute, je ne pense pas que quelqu'un aurait été assez fou pour voler une telle bagnole. Tu devrais laisser faire le temps. Ce sont sûrement des jeunes du quartier qui te l'ont empruntée pour quelques jours, ils la remettront en place. C'est très courant au moment du début des vacances universitaires ce genre de choses.

-Je suis foutu Gabriel, soupira-t-il. Ma vie est fichue, ils vont penser quoi de moi mes parents ?

-Mais ne dis pas ça mon Joël ! Ne me dis pas que tu comptais faire flic toute ta vie !

-Mais j'avais que ça ! Je ne sais rien faire d'autre.

-Ah c'est con parce que quand tu ne sais vraiment rien faire la solution de facilité c'est de faire flic.

-Hein ? demanda-t-il.

-Non, rien, laisse tomber. Ou au pire, vu que t'as le permis, tu peux faire Taxi.

-Non… Ma vie est fichue, je suis ravi de t'avoir connu en tout cas. Je vais en finir.

J'avais eu envie de lui dire les mots nécessaires afin d'éviter un tel passage à l'acte mais il avait raccroché juste après avoir terminé sa phrase. J'étais en état de panique, mais si je lui avais dit qu'en réalité je possédais cette bagnole ça aurait été pire et cela aurait certainement constitué un délit aux yeux de la loi ! Cette situation m'emmerdait drôlement mais j'avais un plan. Mais, devais-je tout dire à Rose ?

Les pieds dans le sable et l'œil hésitant j'avais regagné notre place. Malheureusement elle demanda si tout allait bien pour moi.
-Oui. Enfin, une petite embrouille mais trois fois rien, lui répondis-je.
-Tu peux m'en parler si tu en as envie.
-En fait, j'ai un pote, ou plutôt une connaissance, qui s'est fait voler son taxi par des flics stagiaires. Non… Ce n'est pas ça, c'est un pote stagiaire chez les flics qui s'est fait voler sa voiture de service parce qu'il s'est endormi après une soirée, ou une nuit de garde je ne sais pas.
-C'est dingue, toi et tes potes j'ai l'impression que vous avez un don pour vous mettre dans la mouise !
-C'est vrai que c'est une semaine particulière. Bref, il s'est fait voler une voiture qui n'est pas à lui et du coup on l'a viré et il veut se suicider je crois. Je ne suis pas sûr d'avoir tout compris mais par contre il m'a clairement dit qu'il voulait en finir.

Elle avait bondi en l'air et rangé toutes ses affaires d'un coup. Affolée, elle voulait aller le voir afin d'empêcher le geste fatal. Il est vrai que j'avais peut-être dû lui annoncer son éventuelle tentative de suicide sur un ton un peu trop léger.

Joël venait de bousiller notre petit moment mais je ne devais pas me plaindre. Il ne fallait pas qu'il meure et j'avais eu un éclair de génie pour le sauver tandis que la voiture commençait à trembloter à cause de sa vitesse excessive sur la route qui nous menait à Narbonne. J'avais composé le numéro de Hasseck.

-Allô ? Monsieur Hasseck ?

Mais je m'étais également souvenu que Rose ne savait rien de mon activité d'espion, en plus je flippais grave. La voiture de service avait disparu. Je l'avais abandonné sous des pins. J'espérais que quelqu'un la retrouverait et l'incendierait pour tous nous dédouaner.

-Ca va bien Jean-Luc ??? ajoutai-je lorsqu'il avait répondu. La forme ?

Je gueulais à la manière de ces mecs insupportables qui gueulent au téléphone lorsqu'ils sont bourrés mais lui avait l'air moins enthousiaste que moi.

-Tu vas peut-être commencer par m'appeler « Brigadier » ou au moins « Monsieur Hasseck » mon petit bonhomme, n'est-ce pas ? dit-il à l'autre bout du fil.

-Evidemment, évidemment mon cher ! Dis-moi, j'ai appelé le petit Joël pour avoir des infos concernant le…

Enfin, tu sais le truc dont on avait convenu ensemble et je trouvais qu'il n'avait pas l'air très en forme. Il est malade ?

-Je ne t'ai pas demandé de cesser tes familiarités y'a dix secondes ?

-Je t'entends très mal Jean-Lu-Lu, je suis désolé.

-Je suis navré mais Joël ne fait plus partie de l'équipe. Il a perdu une voiture, c'est une énorme connerie point barre. Et s'il t'a quitté, ce n'est pas mon problème non plus.

-Pardon ? Je n'ai jamais couché avec.

Rose me fusilla du regard un instant et j'avais continué :

-Je l'aime beaucoup sur le plan amical mais je dois vous avouer que je préfère l'abricot à la banane ! Toujours est-il que ça m'embête beaucoup pour Joël parce qu'il devait m'apporter de précieuses informations.

-Des infos ? Il n'était pas titulaire, que stagiaire.

-Certes ! Mais très bon élément, je pense qu'il a vraiment du potentiel. Ce doit être un profil très recherché par… par votre société.

-De toute façon il ne reste que quelques papiers à signer et il sera apte, apte à pointer à Pôle Emploi j'entends !

-Ce n'est pas comme ça que je vois les choses mon petit Jean-Luc. Il a tout à fait sa place dans votre équipe.

-Je te trouve très à l'aise mon petit bonhomme, dit-il vraiment énervé, j'espère que tu as bien avancé dans ton enquête sinon je sens que tu vas rapidement commencer à m'agacer !

Tandis que j'indiquais la route à ma conductrice avec mes mains, celle–ci me regardait de plus en plus de manière suspecte.

-Ecoute Jean, le petit va ramener la voiture…Je veux dire, la chose qu'il a empruntée, dans quelques jours. Je connais ce réseau de voleurs d'un nouveau genre. Ils empruntent et ramènent toujours, il n'y a jamais de vol à proprement parlé. J'ai presque plus de batterie Jean-Luc, je te rappelle, bisous, tchao !

Pour tuer le silence menaçant j'avais dit : « C'est le père de mon pote chez qui on va, je n'ai pas voulu lui dire que son fils allait faire une connerie pour ne pas l'inquiéter ».

-Tu tutoies les parents de tes potes ? demanda-t-elle.

-Ouais… C'est le sud, c'est relax.

Quelques minutes après nous étions arrivés devant chez Joël. Dans cette baraque, paisible en apparence, un drame allait peut-être se produire. Je voulais que Rose me laisse seul, au moins quelques minutes, mais elle avait insisté pour m'accompagner, l'instinct maternel certainement. La porte de la maison était ouverte et le silence était assourdissant. J'aurais voulu crier quelque chose pour attirer l'attention de Joël afin de le déconcentrer et donc le mettre dans une situation ridicule. Imaginez, un type qui a pour objectif de se foutre en l'air et qui est dérangé par un voisin venu chercher du sel. Cette situation serait complétement loufoque mais elle aurait le mérite de sauver une vie. Une goutte de sueur avait pris sa source sur le haut de mon front et descendait lentement. Rien dans la cuisine, rien dans le salon. Ma main tremblait à l'idée d'ouvrir la porte de la chambre et j'avais eu raison d'avoir cette crainte. La scène était…particulière. Joël était allongé sur le lit la tête vers le plafond et la bouche légèrement ouverte, c'était clair dans ma tête. Il s'était gavé de somnifères, au moins il respirait encore. Manon se mit à me manquer subitement. D'abord parce qu'elle était quasiment médecin et qu'elle aurait été utile et puis surtout parce qu'elle me manquait tout court. Je me sentais comme dans une morgue, Rose me laissa un instant seul. Ne sachant plus trop quoi faire j'avais crié :

-Joël ! J'ai retrouvé ta voiture de service ! C'est un concours de circonstances dingue ! bluffai-je.

Ne voyant aucune réaction de sa part, je l'avais secoué et avais ajouté :

-Allez ! Ne fais pas l'enfant ! En plus j'ai eu ton chef au téléphone ! Tout va s'arranger !

Il remua légèrement et ouvrit les yeux. Ça faisait un choc d'assister à une résurrection même si j'avais l'intime conviction qu'il n'avait jamais connu la mort.

A peine dix secondes après Rose laissa éclater un cri qui me fit sursauter mais qui ne provoqua aucune réaction de la part de Joël. Une voix qui me paraissait familière arriva à mes oreilles : « Beuh ! Il ne faut pas s'énerver, je ne suis pas un voleur ». C'était Yannis, ou alors son sosie vocal. J'avais décidé d'abandonner le mort pour aller voir dans le couloir. On s'était dévisagé pendant quelques secondes puis on s'était serré fort dans les bras comme deux vieux amis qui se seraient retrouvés après une guerre. On se demandait : « Ça va ? Ça va ? Ça va ??? ». Il me tâtait et je le retâtais. C'était étrange, on essayait de deviner mutuellement si l'un ou l'autre avait subi des variations de poids ou de taille. Mais c'était très con finalement et, comme Rose commençait à s'inquiéter de nos comportements suspects, le point de chute arriva :

-Ça fait combien de temps qu'on ne s'est pas vu ? me demanda Yannis.

-Pas longtemps du tout mais dans ma tête, comme quarante ans ! m'exclamai-je.

-En tout cas ça me fait plaisir copain !

-Je te présente Rose-Marie, mais tu peux l'appeler Rose.

Les deux s'étaient bisés et j'avais ajouté :

-Rose, voici Yannis Belkacem, un de mes meilleurs amis et le meilleur pizzaiolo des Bouches du Rhône !

Le moment était tellement sympathique à vivre que l'on n'en avait presque oublié la tentative de suicide de Joël. Et, cerise sur le gâteau, Yannis m'annonça :

-Et j'ai une surprise pour toi !

Il m'emmena devant la maison et me fit patienter avec pour seule consigne de ne pas lâcher du regard la rue. Soudain, un moteur usé de bagnole se fit entendre et la Nevada Break de Schindler pointa son nez et le même cirque recommença. On se tâtait de manière chorégraphiée, puis on se répétait : « Ça va ? Ça va ! Ça va ? Ça va !!! ».

Rose nous laissa pour aller chercher son gosse chez son frère et mes deux camarades m'expliquèrent qu'ils étaient retournés chercher la bagnole à Aix à la fourrière avec encore toutes les œuvres d'art dégotés chez l'oncle stockées à l'intérieur. Nous étions tranquillement assis dans le salon et Joël, dont on se foutait un peu en fait, préparait l'apéro.

-Vu que la mère de Joël est commissaire-priseur, dit Schindler, on s'est dit : « Jackpot » ! Et puis, chuchota-t-il, on a organisé cette fausse tentative de suicide pour voir si Joël se plierait facilement à nous et surtout pour te retrouver.

Soudain Joël revint de la cuisine avec dans ses mains un paquet de chips. C'était très étrange ces allers et venues qu'il faisait entre la cuisine et le salon. A chaque fois qu'il revenait nous voir plus personne ne parlait et on lui souriait bêtement. En fait, c'était déjà un élément gênant. Il nous fallait partager ce supposé futur magot qu'entre nous alors que le bougre désirait certainement sa part du gâteau en plus de la commission qu'allait palper sa mère.

Le rangement c'est maintenant !

Cela faisait trois jours que nous étions chez Joël et à notre grande surprise, le « futur-ex-licencié » gardien de la paix n'était pas puceau ! Mieux ! Il avait, dans sa vie, donné l'honneur à deux femmes différentes de pouvoir le côtoyer dans le plus simple appareil. Ce n'était pas Gainsbourg mais quand même ! Il avait un sex-appeal bien supérieur à ce que nous aurions pu imaginer ! Mais, malheureusement, nous n'avions pas pu voir de photos d'au moins une des deux femmes qu'il avait su rendre heureuse grâce à son flambeau magique. Alors peut-être que ces deux relations cachaient une entourloupe ? Il avait certainement dû attraper du thon même pas frais en sortie de boîte de nuit ou alors récupérer du cageot que même les fruits trop mûrs n'auraient pas voulus. Cette conversation très enrichissante fut interrompue par la mère de Don Juan elle-même ! Elle nous serra la main à nous trois alors que nous étions prêts à dégainer chacun une bise. Visiblement, le peuple lui faisait peur. Son chemisier « Burberry » très chic contrastait avec son nom de famille à la con. Il fallait dire Madame Parentou. Elle avait typiquement la gueule d'une vieille dame d'Antibes carbonisée par les trop longues après-midis passées au soleil. Son mec la suivait vêtu d'une trop chaude chemise « Hilfiger » pour cette température élevée. Il mastiquait un chewing-gum à la manière d'un cow-boy et tenait dans la paume de sa main un petit sac de sport qu'ont habituellement les meufs bonnes quand elles sortent des clubs de fitness. Le couple de l'année était donc le duo composé de Liliane et Thierry Parentou. Thierry suffoquait dans sa chemise et son pantalon qui était lui en lin violet. Si son style vestimentaire avait été une équipe de foot, on aurait pu dire qu'il y avait de belles individualités, comme ses petits mocassins couleur crème, mais que le collectif était naze.

Je m'étais présenté comme : « Vice-président de la SASU Garvu ». Je ne mentais pas tellement finalement car Papa et Maman avaient prévu de mettre la société à mon nom. Yannis, quant à lui, s'annonça comme gérant d'une pizzéria plutôt gastronomique et Schindler comme « comédien médiéval », certainement pour ajouter une pointe historique afin de séduire Liliane.

Autour de midi Joël avait servi l'apéro, et même si ses parents ne semblaient pas emballés à l'idée de passer un peu de temps avec nous, ils s'étaient néanmoins légèrement détendus lorsqu'ils avaient appris que leur fils n'avait pas pour amis trois marginaux au chômage. Thierry, les jambes croisés tel un coiffeur en pause-déjeuner, nous raconta une histoire après avoir fini d'avaler son petit cube au fromage :
-Je ne sais pas si ça craint encore dans Narbonne, mais je me suis fait voler mon vélo devant la boucherie cette semaine à Toulouse. Et ce n'est pas la première fois que ça arrive !
Il y eut un silence, ce mec un peu arrogant mais doté d'une voix grave assez charismatique aurait pu faire un très bon conteur mais non, il était lassant dès ses premiers mots. Et comme personne ne réagissait il déballa la suite de sa folle aventure :

-Quand même ! s'exclama Titi. Je suis resté peut-être, maximum, sept minutes chez ce commerçant et on m'a chipé mon vélo !

Son flow était nul ! Ça nous endormait et il réfléchissait tout le temps, ce qui créait des pauses mal rythmées. Etant donné que personne n'avait lancé, ne serait-ce qu'un : « Ah ça ! » de politesse, il continua encore et encore :

-Franchement c'est agaçant ! On paie des impôts et on n'est infoutu de régler ces problèmes de racaille. Que font les flics ? Je ne parle pas pour toi Joël bien sûr. Je ne sais pas qui m'a piqué mon vélo mais il ne devait pas être tout blanc si vous voyez ce que je veux dire.

Cette fin d'histoire jeta un léger froid dans le salon climatisé de Joël. Liliane enchaina intelligemment en frappant de manière tonique dans ses mains.

-Messieurs ! Vous aviez quelques œuvres d'art à me montrer il me semble ?

Schindler approcha alors un des cartons et Thierry en profita pour, encore, ramener sa fraise :

-Si je peux me permettre, j'ai vu une super expo sur Picasso il n'y a pas très longtemps.

-Ah bon mais où ? demanda Liliane sentant que son mari lui cachait peut-être quelque chose.

-Et bien chez mon concessionnaire Citroën ma chérie !

Il y eut à nouveau un silence de plomb et Liliane s'était mise à rire tout en gloussant, un peu comme une pucelle qui aurait découvert la jouissance suprême sur le tard. Quand Thierry s'arrêta de rire, il nous annonça fièrement :

-Je lui fais trente fois par an cette blague et elle tombe tout le temps dans le panneau !

-Vous voyez les jeunes, enchaîna Liliane. On peut avoir des professions très respectables tout en gardant un grand sens de l'humour !

Même Joël semblait de plus en plus gêné par le comportement de ses aïeuls. Et quand Liliane se remit enfin dans la conversation initiale, Schindler avait déjà posé quelques-uns de nos trésors sur la table basse.

-On va commencer par les choses les moins précieuses, dis-je.

Elle tenait dans ses mains des 33 et des 45 tours mythiques. Il y avait du Aznavour, les Stones, Edith Piaf et même l'incontournable : « Ne me quitte pas » de Jacques Brel. Quand elle eût fini de passer en revue les articles en revue, son visage se crispa. Elle demanda :

-Vous m'avez fait déplacer pour ça ?

-Attendez, ce n'est que le début Madame, répondis-je en mettant mon doigt sur le nez de Jacques Brel. C'est seulement la partie musique.

-Je vous parle d'art ! De tableaux ! Je suis commissaire-priseur, pas disquaire !

-Oui mais on a quand même : « Le sifflet des copains » dédicacé par Sheila elle-même ! Ça doit chiffrer ça ! Montre lui Schindler.

-Mais que voulez-vous que j'en fasse ?!? Ça peut certainement se vendre à cinquante euros, ça me fera quinze de commission c'est dérisoire !

-Cinquante ??? demandai-je perplexe. Je trouve que vous sous-estimez pas mal la valeur de cette pièce !

-Mais qui sont ces zigotos Joël ?!?

Thierry s'initia dans la conversation et me regarda en disant de manière autoritaire :

-Calmez-vous un peu jeune homme !

Schindler décida alors de prendre le relais :

-Veuillez nous excuser Madame, on s'est emporté, mais on parlait de Sheila quand même. Nous avons aussi en magasin un recueil de poèmes de Victor Hugo datant de 1878 ainsi que la première édition des : « Misérables ».

Liliane retrouva le sourire instantanément et saisit les vieux livres poussiéreux, qui puaient l'inondation, dans ses mains. Décidément Schindler était plus à l'aise que moi dans le costume de VRP. C'était peut-être dans ses gènes ? Vu que son père l'était aussi. Il déballait son discours de manière calme et presque trop religieuse pour un homme dont la vie sentimentale n'avait rien de catholique.

Pendant que Thierry ouvrait l'une des portes fenêtres du salon pour aller dans le jardin, Schindler ajouta de nouveaux ouvrages à proximité de la dame.

-Nous avons également des manuels scolaires datant du début du XXème siècle. Pièces rares et sûrement très recherchées par des collectionneurs avisés et nostalgiques !

-Formidable ! Il y a de l'amélioration, se félicita Liliane. Et ça ? Qu'est-ce que c'est que ce livre ? « Le con de choses », c'est du vieux Français ?

Schindler ria poliment.

-Non madame c'est : « Leçon de choses », la cédille a dû disparaître avec le temps. Il est vrai que ce n'est pas facile de ne pas se tromper !

Il était tellement bon commercial que nous l'avions laissé seul afin de négocier et nous étions partis à un peu plus de cinq mètres de lui avec la porte-fenêtre entre-ouverte afin de garder un œil sur lui, notre poulain. Et lorsque, quelques secondes après, vint la découverte des revues historiques. Liliane chaussa ses lunettes d'un coup sec et par un : « Non ! » d'exclamation sema le doute dans nos têtes. Schindler, en bon vendeur qui sait que le client est roi, ne lui força pas la main pour savoir à tout prix à quoi rimait cette soudaine exclamation. Elle posa la revue qu'elle venait de feuilleter et demanda pleine d'espoir : « Vous en avez combien des comme celles-ci ? ». Schindler avait répondu sereinement :

-Au moins une bonne douzaine.

C'est vrai, elles étaient vraiment belles ces revues. C'étaient des grands magazines en papier un peu cartonné avec une belle calligraphie. A l'intérieur, même les publicités étaient agréables à regarder car c'étaient des illustrations avec des slogans cash et qui auraient été politiquement incorrects de nos jours. Il y avait : « Votre bébé ne cesse de pleurer ? Donnez-lui une goutte de bière ! ». Et puis les titres des éditions : « Assassinat de François-Ferdinand, la France s'engage dans le conflit ! ». L'article, une fois développé, disait que ces : « Chers Français » allaient envoyer des soldats « seulement » pour six mois se perdre dans la froideur de l'Europe de l'Est. C'était dingue, tout le monde était confiant, même trop serein, presque kamikaze. Il fallait servir la France ne serait-ce que la moitié d'une année avant de pouvoir reprendre une vie normale. Ça, c'est que croyaient nos jeunes poulbots avant d'être engrainés dans un terrible massacre.

Passée l'émotion de ces évènements centenaires le business reprit son cours entre Schindler et Liliane pour lesquels nous n'étions plus que des figurants Yannis et moi-même. La quasi vieille dame avait commencé à passer des coups de fil à quelques collaborateurs dont un certain Bruno du musée de la Résistance de Toulouse. Elle disait : « Bruno, évidemment que ces pièces ne concernent pas la deuxième guerre mais ça peut faire un atout supplémentaire pour ta boutique ! ». Tiens, tiens, qualifiait-elle le musée de « boutique » ou parlait-elle de la boutique du musée ? Elle ajouta :

-Si on ne peut pas placer ces revues dans un musée ça intéressera au moins certains petits collectionneurs ! Son discours s'éloignait de plus en plus de l'artistique et tendait sévèrement vers le financier. En soi ce n'était pas un mal, c'était ce que nous recherchions également. Schindler avait conclu sa présentation par le coup de grâce. Doux mais efficace :

-Votre décision vous appartient Madame mais sachez que nous serions fiers de collaborer avec une personne de votre pedigree.

Liliane semblait séduite par tant d'élégance et de courtoisie. Et alors que Schindler s'était levé et qu'il s'apprêtait à rejoindre le jardin, Liliane s'exclama :

-Les Chinois !

Personne ne sut quoi dire à l'écoute de ces deux seuls mots, elle enchaîna :

-Rasseyez-vous trente petites secondes monsieur Simon ! Les Chinois aiment les choses… qu'ils n'ont pas voyez-vous. En Chine, une bouteille de vin rouge coûtant deux euros en France peut être revendue quatre-vingts là-bas ! Le simple fait d'avoir la signature : « France » dessus la fait grimper automatiquement !

-Et avec nos revues ? On peut grimper jusqu'où ? demanda Schindler.

-Cinq mille.

-La vache ! Cinq mille euros pour quatorze revues ça vaut le coup !

-Non, précisa Liliane. Cinq mille euros par revue, au mieux. Et puis, vos vinyles ou vos 33 tours on pourra peut-être en placer un ou deux à nos amis asiatiques.

J'étais plus choqué qu'heureux et Schindler était presque ému et lorsqu'elle lui avait tendu sa carte de visite, il lui avait susurré :

-Ecoutez…merci, on vous appelle très vite.

Peu après, nous nous étions extirpés de la maison de Joël. Il fallait qu'on parle et nous avions échoué du côté de la réserve de l'œil doux dans le massif de la Clape. Un genre de Grand Canyon miniature. Un des endroits les plus sympas de la région et qui avait l'avantage de nous rappeler nos paysages familiers de Provence. Au détour d'un petit chemin dans la garrigue, les trois compères réunifiés que nous étions s'étaient assis. Et malgré le prix astronomique que nous avait prédit Liliane nous restions perplexes, Schindler avait pris la parole de manière soudaine :

-Les gars ! Si on fait quatorze revues à cinq mille euros, ça fait… Soixante-dix mille euros ! De là, la vieille elle se prend ses trente pour cent donc il nous resterait quarante-neuf mille euros à nous partager en trois !

-Seize mille euros chacun ! s'exclama Yannis.

-Non, que douze mille et quelques, dis-je un peu sèchement. Vous oubliez la part de Joël.

Les deux s'étaient alors regardés, c'était certain, ils avaient oublié cet aspect-là.

-Gaby ! s'exclama alors Schindler. Il faut le mettre hors-jeu ! Non seulement il va prendre sa part mais en plus ils vont magouiller un truc avec sa mère, il va lui grossir sa commission et se faire bakchicher au passage c'est sûr !

-C'est un flic, de base. Il ne magouillera pas. Remarque, faut peut-être l'éloigner un peu de tout ça.

-Ou peut-être qu'il faudrait le faire disparaître, dit Yannis sereinement ce qui provoqua un long silence.

Schindler en avait finalement rajouté une couche :

-Ouais ! Une sale histoire ! Il sort de boîte bourré et se fait malencontreusement écraser par une bagnole.

-Mais vous êtes malades vous deux ! On ne va pas tuer quelqu'un ! En plus pour quelques milliers d'euros !

-Excuse-nous, dit Yannis la tête baissée. Mais en même temps tu t'es déjà plaint de mon manque d'initiatives, alors pour une fois que je propose quelque chose…

-Certes, merci de ton engagement mais je te rappelle qu'on n'est pas une mafia !

-C'est vrai que ce n'est pas très sport… Ce n'est pas très Coubertin, ajouta Schindler.

Après un autre silence, j'avais eu une idée :

-J'ai mieux. On va le mettre dans les pattes d'une fille, une jolie fille. Laure la coiffeuse par exemple. Il faut qu'il soit hypnotisé, possédé, qu'il vive d'amour et d'eau fraîche en détournant le regard à la vue du fric !

Motivé comme jamais et sûr de mon idée, Yannis m'avait quand même vite refroidi :

-Laure ? On la connaît à peine.

-Je la vois ce soir ! Je vais animer l'anniversaire de la fille de son oncle Aristide, elle y sera c'est sûr !

-Mais comment tu connais son oncle ? demanda Schindler.

-Pendant que vous n'étiez plus là, j'ai mené mon enquête et sur les conseils vaseux de Jean-Luc Hasseck, je me suis fait embaucher à Pic-Vacances, établissement tenu par… l'oncle Aristide.

-Fort ! s'exclama ce même Schindler.

-Ca me chagrine un peu de le céder à cette fille parce qu'elle est quand même ultra-bonne !

-C'est vulgaire ce que tu dis, surveille ton langage un peu, m'ordonna Schindler.

-C'est quoi cette morale de prêtre ?

-Ne t'énerve pas ! s'exclama Schindler. Je te demande simplement de respecter la gente féminine un minimum.

-Mais ! m'exclamai-je en attendant une éventuelle réaction de Yannis. Depuis quand tu donnes des leçons de galanterie toi le « Géo fourre-tout » ?!?

Yannis éclata de rire tout en disant : « Pff vanne ! Géo fourre-tout ! ».

-Et toi Gaby tu crois que t'es mieux placé ?!? Depuis ta rupture avec Manon tu collectionnes, Rose-Marie, Laure dont t'as envie, à ce rythme-là tu vas finir dans Liliane un jour ou l'autre !

-Mais Simon ! Pendant des années t'as enchaîné les coups, et à chaque fois tu nous disais que t'allais te calmer et ça repartait toujours !

-Moi c'est différent ! Je suis en quête, c'est un long chemin, je cherche un idéal.

-Ouais c'est ça. Un genre de Saint-Jacques De Compostelle du cul quoi !

-Non, dit-il en se levant vers moi. C'est le chemin de la vie, de l'amour, et qui sait ? Toutes ces filles que j'aie connu n'étaient pas pour moi et certainement pour une bonne raison.

-Tu…Tu es en train de nous faire ton coming-out ? lui demandai-je sérieusement.

-Non ! Bien sûr que non !

-Dis-le nous à Yannis et moi ! Il ne faut pas qu'il y ait de malentendu et ça nous dérange pas en plus !

-Non ! répéta-t-il sèchement.

-Vu qu'on se côtoie beaucoup en ce moment, une balle perdue dans la nuit est si vite arrivée malheureusement.

Il paraissait bizarre et en fait on ne savait pas trop où il voulait en venir. Il se justifia à nouveau :

-Ce n'étaient pas les bonnes, c'est tout.

-Mais la quête, tout ça…Tu t'es fait embarquer dans une secte ?!? C'est pour ça que tu étais aussi motivé pour vendre nos œuvres ? Ne donne rien à Raël c'est un enfoiré !

-Non, non et non ! Mais tant pis, t'as qu'à parler comme tu veux de Laure ce n'est pas grave !

Voyant que la situation avait l'air de s'être légèrement réapaisée j'avais conclu par :

-En tout cas pour ce soir, je suis au regret de vous dire que je dois vous laisser avec les vieux, travail oblige !

La ruée vers Laure

Le soir venu, mes deux compères n'avaient pas voulu me prêter la caisse et ils avaient tenu à me déposer au lieu exact que m'avait communiqué Aristide. Pire, ils avaient insisté pour venir à la soirée, je leur avais dit un peu sévèrement que cela n'avait rien d'amusant et que c'était strictement professionnel.

Le domaine de Vires était classe mais l'ambiance y était étrange. Il y avait un melting-pot inquiétant. Des gens beaux et élégants côtoyaient des gueules cassées qui enchainaient des Whisky Coca avec des clopes vissées entre leurs doigts et parfois d'autres en attente sur leurs oreilles.

La propriété était une espèce d'orangerie immense assez séduisante et, en traversant le salon, on avait accès au buffet situé sur le grand parvis jouxtant les vignes. J'avais commencé à picorer tranquillement, profitant du buffet qui contenait des choses bien plus appétissantes que ce que pouvait servir Aristide dans son restau. Puis, une main velue me palpa l'épaule droite. En me retournant, Aristide me prit dans ses bras avec ces mots : « Comment vas-tu mon ami ? ». Croyant à une énième réflexion ironique j'avais répondu : « Je suis désolé, je n'ai pas bouffé depuis des heures mais je vais me mettre au boulot de suite ! ». Il me fit alors un clin d'œil en me demandant discrètement de me taire puis il me fila une enveloppe et tout en me mettant une petite tape sur la joue il me dit :
-Mange un peu, prends ton temps. On verra après.

Cela ressemblait à une pré mise à mort sauce calabraise. Que voulaient dire ces petits gestes de sympathie bien distillés ? Aristide représentait-il le toréador caressant la bête que j'étais avant de la planter ? Il ajouta :

-J'espère que tu passeras une bonne soirée, en plus j'attends quelqu'un de très important d'une minute à l'autre, j'espère que sa présence te fera plaisir.

-Qui est-ce ? lui demandai-je.

-Jérôme Lacombe, lui-même ! Mais il n'aime pas trop sortir parce que ça le fatigue qu'on le reconnaisse sans arrêt.

-D'accord, et c'est qui ce mec ?

-Jérome Lacombe enfin ! Jérome Lacombe, l'homme de médias, le présentateur du journal télévisé !

-Je ne connais pas, dis-je. Tu sais moi depuis que Poivre d'Arvor a arrêté de présenter le journal j'ai quasiment arrêté de regarder la télé.

-Mais « qué » Poivre d'Arvor ?!? dit-il dans un mélange de Français et d'Espagnol. Je te parle de Jérome Lacombe qui présente le 19/20 sur la chaîne du Languedoc-Roussillon ! Putain, il est connu bordel !

-Ah !!! D'accord ! Je ne connais pas non plus… Mais, tu m'as dit qu'il n'aimait pas être importuné et tout ça ?

-Exact.

-S'il vient ce soir, présente le moi comme ça tu pourras être sûr que je l'emmerderai pas à vouloir prendre des photos avec lui ! m'exclamai-je en riant.

Aristide s'était barré, certainement un peu dépité que je ne considère pas à sa juste valeur sa méga-star d'ami. Une dame d'environ quarante piges m'avait alors parlé, elle était classe dans sa robe moulante couleur Jaune, mais pas le jaune habituel. Le jaune façon : « Petit suisse à la banane ». Son tatouage gravé entre sa cheville et son genou était quant à lui odieux. C'était tout simplement la tête de son fils avec sa date de naissance inscrite dessous. Elle me demanda :

-Tu es le nouvel associé d'Aristide ?

-Non, répondis-je tout en finissant d'avaler mon canapé au saumon. Je le connais depuis pas très longtemps, je suis son contrôleur fiscal !

Son visage se crispa alors et je désamorçai légèrement la vanne dans la seconde suivante.

-Je plaisante, et toi tu es du fisc ? demandai-je en rigolant.

-Non je suis l'ex-femme de Jimmy, répondit-elle en souriant.

Etant donné que je ne savais pas qui était ce foutu Jimmy et que je désirais à tout prix me fondre dans la masse j'avais dit :

-Jimmy ! D'accord ! Mais Jimmy de … ?

-De Palavas ! répondit-elle.

-Bien sûr ! Et donc tu es restée en bons termes avec lui ? Il est toujours dans le business ?

-Il est en prison… C'est triste, surtout pour notre fils, il ne peut plus se balader avec son papa Jimmy.

-Très bien, dis-je sûr de moi. Et lui aussi faisait comme nous tous ? Il oubliait malencontreusement de remplir ses feuilles d'imposition ? demandai-je en rigolant.

-Non, c'était un peu plus vicieux, les flics avaient fait infiltrer un type dans sa boite de nuit, un nouvel employé. Un saisonnier tout à fait respectable. Et puis ça n'a pas raté, il s'est fait gauler !

-La vache ! J'en ai entendu des histoires mais je n'aurais jamais imaginé qu'ils puissent être aussi inventifs ! Les salauds !

-Ouais… En plus on ne peut rien faire, on ne peut pas les éliminer parce qu'on saurait directement que ça vient de nous. Une fois qu'ils sont entrés, c'est terminé.

-Incroyable ! dis-je lentement en me retenant de trop sourire.

Elle m'avait tendu une flûte de champagne juste avant de demander :

-Et toi ? T'es dans quoi ?

-L'art ! dis-je instinctivement. Je suis marchand d'art.

-Ah c'est un bon domaine ça ! Tu as un 4x4 alors ?

Interloqué par ce changement de sujet soudain je lui avais demandé :

-Tu cherches un mari ou tu cherches à savoir quel métier je fais ?!?

Elle avait souri tout en restant dubitative, comme elle ne disait rien je m'étais senti obligé de poursuivre la conversation seul.

-Je n'ai pas la tête à ça en plus, j'ai énormément de boulot en ce moment. J'ai une grosse vente à conclure.

Laure était arrivée pile à ce moment-là et pour une fois elle tombait bien. J'avais fait un petit signe d'au revoir à la cougar tatouée et vénale afin de pouvoir m'extirper et elle n'avait pas cherché à me retenir. Mais, j'avais dit à l'une que j'étais dans l'art et à Laure que j'étais détective privé et je sortais à peine d'une courte carrière dans la restauration. Espérons qu'elles n'allaient jamais discuter de moi ensemble.

    Laure était belle et nous déambulions autour des trois grandes tables posées en U qui formaient le buffet.

Bizarrement, Aristide m'avait vendu cette soirée comme l'anniversaire d'une petite fille mais je ne voyais aucune petite tête blonde serpenter entre la trentaine d'adultes présente. En s'éloignant un peu plus de la foule j'avais demandé à Laure d'où venait cette bonté soudaine, envers ma personne, d'Aristide.

-C'est dû à ta profession, me répondit-elle avec un semblant d'étoiles dans les yeux.

-Ma ? Ma profession ? Mais lui, il est entrepreneur, c'est un restaurateur brillant, pourquoi il m'envierait ?

Après un court silence, elle répéta :

-Oui ! C'est dû à ta profession. Ça fait quand même réfléchir quand on la connait.

-D'accord, mais en quoi un restaurateur aurait-il peur d'un serveur ?

-Serveur ? C'est ta couverture non ? Vu que t'es détective…

-Détective ? Moi ? insistai-je sur la surprise.

-Oui ! Allez, arrête de faire semblant de pas savoir ! Tu nous l'as dit quand tu es venu squatter chez Stéphane avec tes collègues !

J'avais répété : « Détective ? Moi ? » afin d'appuyer le fait que je ne m'étais pas fait avoir par mon propre mensonge.

-Oui !!! Privé même ! dit-elle en rigolant d'un rire un peu nasal mais charmant. J'avais réembrayé en disant que dans l'appellation : « Détective privé » il y avait aussi et surtout le mot : « privé » et que c'était donc pour cela que j'avais fait mine de ne pas comprendre. Et même si ce pseudo incident avait été clos rapidement je tenais quand même à éclaircir une sombre affaire :

-Laure, je ne comprends pas pourquoi Aristide m'a filé deux cents euros dans une enveloppe pour animer l'anniversaire de sa fille alors que je n'ai encore rien fait et il me semble que ce n'est pas trop une soirée pour enfants.

Elle me regarda en commençant nerveusement à se ronger la peau des pouces.

-Je ne devrais peut-être pas te le dire mais Ari a peur en ce moment, il ne veut pas que ça se sache. Il veut que personne ne sache ce qu'il se passe au restaurant.

J'avais vaguement vérifié que personne ne nous regardait avant de demander :

-Au restaurant ? Tu veux dire par rapport au … ?

-Oui par rapport à … tous les évènements qui se produisent en ce moment.

-Mais je ne vais rien dire moi, et de toute façon personne ne se plaint vraiment au resto.

-On s'en fout du resto ! s'exclama-t-elle. C'est pour sa femme, ça va arriver à ses oreilles un jour ou l'autre.

-Quoi ?!? Mais je pensais que vous étiez tous complices dans votre milieu ! Alors elle ne sait même pas que son mari blanchît de l'argent ?!? Pauvre honnête femme ! dis-je en regardant le sol.

-Mais de quoi tu me parles ? Il n'y a pas de blanchiment. Je te dis juste que si elle apprend qu'Aristide se tape Rose-Marie, ça va la briser ! Et lui, il ne faut pas qu'il divorce vu que Tatie a une bonne place à la Mairie.

-Pardon ?!? demandai-je alors qu'en l'espace d'une seconde mon cerveau, choqué, ne savait plus si on était le matin ou le soir, ni même où je me trouvais.

-Oui, et depuis assez longtemps, mais ça commence à se répandre.

Ce n'était pas possible, elle se trompait de personne, elle confondait des gens.

-La salope… dis-je impassible.

-Non ! C'est lui le salaud ! Elle, c'est une fille bien.

-Non, non, c'est elle la salope ! dis-je énervé.

-Mais arrête ! Elle n'y est pour rien !

-Si ! Quand je pense qu'elle m'a engueulé quand elle a vu que je te connaissais. En fait c'est juste parce qu'elle avait peur de toi, peur que tu me révèles l'affaire !

J'avais tourné en rond quelques temps, bien évidemment je n'étais pas complètement amoureux de Rose car c'était trop tôt pour le savoir mais je m'étais un peu attaché mine de rien.

Après quelques trop longues dizaines de secondes d'errements à travers la propriété j'avais finalement osé m'asseoir au pied de l'un des nombreux arbres qui décoraient le parking en gravillons tout en incitant Laure à en faire de même et par la même occasion à prendre l'éventuel risque de salir sa belle robe turquoise et, déprimé, je lui avais confié :

-En fait, si je couche avec toi la boucle sera bouclée ?

A peine avais-je eu fini ma phrase que ses yeux, ses mains, et même ses lèvres me colonisèrent. C'était facile, très facile même trop facile. Etais-je le Belmondo des temps modernes ? Ou elle, la fille sensible, très sensible donc en fin de compte facile ?

Après quelques dizaines de secondes ses poignets sur les miens, Aristide se pointa dans notre dos, on entendait ses chaussures laisser leurs empreintes dans le gravillon avec ce bruit si particulier qui ressemble à celui d'un enfant qui mange des céréales. Je ne savais plus quoi penser de cette crapule. J'aurais voulu lui éclater la gueule mais j'avais besoin de lui et j'avais peur d'éventuelles représailles provenant de ses « amis » loin d'être fréquentables. Quand il m'eût dit : « J'ai quelque chose à te proposer », je m'étais attendu à tout, mais vraiment à tout, mais surement pas à ça … Ça ?

-Un petit karaoké ? me demanda-t-il.

J'avais répondu par la positive à sa proposition et je l'avais donc suivi vers l'intérieur de la bicoque avec Laure à mes côtés.

-J'adore Cabrel et toi ? dit-il fièrement.

Je ne savais plus quoi répondre à cet ex-employeur pour qui j'étais devenu un homme à faire taire et qui se tapait ma copine du moment que j'étais en train de tromper avec sa nièce. Le tableau était sale, le puzzle compliqué et il manquait tant de pièces pour donner de la cohérence à l'histoire. Quelques trop longues secondes après sa question j'avais répondu au hasard :

-Laurent Voulzy j'aime bien.

Il ouvrit une porte de plus dans la demeure, ce qui nous fît entrer dans une pièce où se dressait un billard avec des gens autour ainsi qu'une grande toile avec un micro devant où un trentenaire et sa veste de survêtement dégueulasse massacraient : « Quand j'étais chanteur » de Michel Delpech.

Aussi, une grande fenêtre permettait d'aérer et de faire partir un peu la fumée de clope et de cigare. Aristide, avec son accent des Pyrénées-Orientales, me proposa alors un terrible dilemme :

-Soit on chante : « Je t'aimais, je t'aime et je t'aimerai » de Cabrel en duo, soit je me la fais seul et t'en fais une derrière.

-Ça aurait été avec plaisir, lui dis-je, mais je préfère te laisser l'honneur de la faire seul. C'est ton moment !

A peine lui avais-je donné le top qu'il s'était déjà placé les jambes écartées, essayant de battre la mesure avec ses pieds à la Johnny Hallyday et lorsqu'il démarra la chanson il me rendit triste, triste pour Cabrel. Le pauvre Francis qui s'était donné un mal fou pour faire une carrière hors-norme tout ça pour finir mal imité par un gros beauf de gérant de snack foireux. Tout le monde se foutait de son interprétation sauf lui, et sa voix se crispait au fur et à mesure qu'il chantait et des larmes coulaient mais ce n'était même pas émouvant ! C'était juste marrant. Il se tenait seul face à la toile, qui servait d'écran, en jeans, baskets et chemise. Quand était arrivée la fin de la chanson il avait timidement dit : « Merci » pendant que certains de ses amis en étaient presque prêts à en venir aux mains à cause d'une probable tricherie pendant une partie de billard. Il m'avait transmis le micro le visage ému, un peu comme quand deux personnes se le transmettent pour faire un discours pendant un enterrement. Puis, il avait touché son ordinateur et avait lancé un truc un peu plus dansant qui me rappelait, vaguement, quelque chose. Quand j'avais vu apparaître Francky Vincent dans un décor ensoleillé j'avais compris qu'il allait falloir zouker sur : « Fruit de la passion ». En fait, la chanson était entraînante, j'avais gueulé un petit : « Vous êtes là ce soir ?!? » et le virus du zouk m'avait emporté. J'étais chaud comme la braise, chaud comme une merguez sur un barbecue ! Je redécouvrais cette chanson assez chaude finalement.

A la fin du morceau j'avais eu droit à quelques timides applaudissements provenant de la salle mais aucune réaction de la part d'Aristide. Je le sentais frustré, voire jaloux car lui n'en avait pas eu. Il s'était même barré, prétextant qu'il devait aller voir si Jérome Lacombe, le fameux présentateur du J.T. local était arrivé ou non. J'avais donc chopé Laure et l'avais tannée pour qu'on s'isole. Je devais lui proposer quelque chose, un marché.

Dans un coin un peu déserté par les invités j'avais démarré mon prêche, j'avais ensuite développé mon plan. Il fallait que je la foute dans les pattes de Joël afin qu'il se détourne des affaires courantes et nous laisse plus de fric à Yannis, Schindler et moi.
-C'est Joël, dis-je en guise de conclusion. Un type… brave, un brave type. Un peu beau gosse et un peu drôle.
A ma grande surprise, elle s'était énervée :
-Mais tu me prends pour qui ?!? Tu fais détective et aussi Mac en fait !!!
-Mais non ! Mais c'est juste que je préfère demander ça à quelqu'un de confiance. Il faut prendre cette mission comme une chance !
-Et bien dans ce cas je n'aurai pas la chance de connaître la chance ! Ce sera sans moi !
Même si la situation était carrément à mon désavantage j'avais tenté un petit coup de poker :
-Comme tu veux. Dans ce cas je me souviendrai exactement de tout ce que tu m'as dit sur ton Tonton, et il se peut que ma langue fourche ou que je gaffe. Malheureusement je suis étourdi et je peux être très gaffeur !
-T'as aucune preuve, dit-elle les bras croisés et pas très stressée.

-Ah bon ? Et qu'est-ce que tu crois que je faisais de mes journées au resto à part laver des assiettes dégueulasses ?

Je bluffais grave, je n'avais aucune preuve, pas même une photo.

-Je vais voir ce que je peux faire, il faut que j'y réfléchisse, me dit-elle.

Je pensais de plus en plus à mes gars, le vent tournait en notre faveur, on avait presque la main mise sur une partie de la pègre locale. Mais, il nous fallait rester vigilants et ne pas trop s'enflammer. Il y avait là un moyen de se faire des sous, mais pas de faire fortune.

J'aurais voulu revenir en arrière concernant ma proposition mêlant Laure et Joël car une nouvelle idée me venait en tête mais je ne savais plus comment faire. En fait, je me rendais compte à quel point Aristide allait devenir mon meilleur allié. Mais comment lui annoncer le plan ? Comment lui annoncer ma stratégie sachant que je ne pouvais pas tout lui dire ? Je devais le rencontrer au plus vite, il semblait être un futur atout de taille.

Négoce-spiritual

Evidemment à force de faire des propositions à la limite de l'indécence j'avais perdu Laure ct je m'étais réveillé sur le sol de la chambre que je partageais désormais avec Schindler et Yannis chez Joël. Ces deux derniers avaient déjà pris le lit double. J'avais dû user de mes charmes pour que la cougar avec la tête de son fils tatouée sur la jambe me ramène en bagnole.

Hasseck m'appela dans la matinée, ce qui réveilla mes deux camarades. C'est bête, je l'avais quasiment oublié celui-là :

-Tu la veux ta plainte ?!? s'exclama-t-il sans même un : « Bonjour » d'introduction.

-Je préférais rester discret parce que j'étais sur une très bonne piste, lui dis-je sereinement.

-Je t'écoute, mais ... Fais-moi rêver ! Sinon ça va mal se passer !

En fait, je ne savais plus si je devais tout dire au flic. Je ne savais pas si je devais lui dire qu'en faisant parler Laure la veille j'avais appris que si Aristide ne voulait pas divorcer c'était parce que sa femme avait une place d'adjoint au maire à Gruissan. Et que par conséquent elle faisait fermer les yeux à tout le monde en ce qui concernait les activités de son mari sous prétexte que son restaurant, un peu excentré du centre ancien, apportait un certain dynamisme au quartier des campings dans lequel il était situé. En revanche, j'ignorais si Laure était au courant de toutes ses magouilles ou non. J'avais seulement balancé une phrase bateau afin de me dédouaner :

231

-Je le tiens, il me mange dans la main et il est prêt à tout me dire.

-Très bien ! Si tout cela est vrai, tu m'envoies des photos, des machins, et tu nous laisses intervenir !

A ce moment-là, c'était en réalité Hasseck qui me tenait par la peau du « bas du ventre » pour rester poli et ne pas dire la peau des couilles. Si je le laissais intervenir je perdais ma part du gâteau qu'était Aristide, mais en même temps si je ne le laissais pas intervenir il ouvrait un casier judiciaire à Yannis, Schindler et moi pour une histoire stupide de baston déguisée en Mickey et autres princesses.

Alors que mes deux camarades me lançaient affectueusement des noms d'oiseaux afin de me faire comprendre qu'il fallait que j'aille discuter ailleurs j'avais lâché une bombe au flic :

-Le patron de Pic-Vacances n'est qu'un pantin et il est téléguidé par un vieux bonhomme qui s'appelle Truffat et qui habite dans l'arrière-pays ! Monsieur Hasseck ! Il faut aller choper ce Truffat !

-Tu as une adresse ? demanda le flic visiblement concerné.

-Je sais où il vit mais je ne connais pas l'adresse. Il se fait passer pour un légume depuis des années. C'est sur la route plus ou moins entre le gouffre de l'œil doux et Saint-Pierre ou Narbonne-Plage je sais plus.

-Il faut que tu passes me voir jeune homme, il faut qu'on réfléchisse à ça !

-Si je puis vous demander un petit service Monsieur Hasseck. J'aimerais que Joël soit réintégré dans votre équipe. Il m'a vraiment bien aidé, c'est quelqu'un qui a du flair…

J'attendais une réponse de Jean-Luc mais rien ne vint, c'était comme s'il avait quitté le téléphone mais j'entendais de longs gémissements suivis d'éternuements presque enfantins. Il devait être victime d'allergies. Après un petit moment de latence il avait conclu la conversation par un : « Allez, bonne journée ! » et je me demandais s'il ignorait ma requête concernant Joël ou s'il n'avait tout simplement pas entendu. J'avais lancé : « Hasseck veut nous voir en début d'aprèm au poste, je vous rejoindrai là-bas » avant de m'engager dans les escaliers.

Au petit déjeuner seul Joël était présent à table, ses parents étaient déjà partis faire un tour. En même temps, la matinée était déjà bien avancée, presque terminée. Je m'étais présenté à lui en lui faisant la bise comme si c'était une vieille branche.

-Tout est arrangé, tu vas réintégrer la police, lui dis-je. Même travail, même endroit, comme si rien n'avait changé.

-Merci, dit-il sans un brin d'émotion. Et pour la vente aux enchères on la fait quand ? Parce que ma mère est un peu pressée.

Non seulement il n'avait pas l'air très content mais en plus il était devenu directif, il me faisait presque peur.

-Figure toi que j'ai trouvé un acheteur hier soir à mon boulot ! Un mec sérieux, bourré de thunes et passionné en plus !

J'avais failli rigoler parce qu'en réalité ce mec, que je venais de décrire, n'était autre qu'Aristide que je m'apprêtais d'ailleurs à aller voir afin de peaufiner les négociations. Mais, ma partie géante de poker, que j'étais en train de vivre, commençait à se corser. J'avais bluffé devant Aristide et lui ? Bluffait-il en se faisant passer pour quelqu'un qui me craignait ? Hasseck allait-il reprendre Joël ? Et en plus de cela il fallait que j'aille convaincre Aristide d'acheter nos œuvres. Et puis, j'avais besoin d'une bagnole, je ne pouvais tout de même pas aller négocier une vente en Renault Nevada Break ! La Mercedes des parents de Joël aurait été plus adaptée. Après une réponse négative du principal intéressé, j'avais dû le supplier en répétant sans cesse : « Pense à ta comm ! Pense à ta comm ! ». Puis, il céda, mais en posant une condition :

-Je t'accompagne !

Je n'arrivais pas à le remercier sincèrement mais je m'efforçais de le faire. Quand il eut pris les clefs, je lui avais demandé :

-Tu ne veux pas que je conduise ? Comme ça tu peux te reposer un peu.

Il ne m'avait même pas répondu. Etrangement, il était devenu charismatique du jour au lendemain. Et sur la route, la situation ne s'arrangea pas. Il n'y avait pas un son, pas une parole, hormis les quelques directives que je lui donnais sur la route à prendre.

En arrivant à côté du restau d'Aristide, ce bougre de Joël se mit en tête de trouver une place afin de se garer au milieu de toutes ces voitures de touristes mal rangées.

Je lui avais dit :

-Ne t'emmerde pas, dépose-moi où tu peux et je marcherai, je t'appellerai !

-Je vais t'accompagner, me répondit-il calmement.

J'aurais aimé lui dire que j'étais assez grand et que je maîtrisais la situation mais je ne pouvais plus m'opposer

234

à lui. Il avait mon destin entre ses mains, si je me brouillais avec lui je perdais tout et j'entraînais mes deux potes dans ma chute.

En parcourant les cinquante mètres qui séparaient la voiture du restaurant mon imagination bouillonnait, le stress montait en moi et je pensais à tellement de choses, j'aurais voulu qu'une météorite s'écrase sur Jojo, mais sans lui faire mal. Une météorite molle par exemple, mais cela n'aurait rien changé. Une météorite molle ça fait juste tomber par terre mais on s'en relève indemne. J'avais rarement autant réfléchi de ma vie, en même temps je n'en avais pas trop eu l'occasion en presque trente ans d'existence. J'avais l'impression que le haut de mon cerveau chauffait tellement que mes cheveux étaient en train de cramer et je me les grattais afin de vérifier que je n'étais pas en train de devenir un néo chauve.

-Tu vas voir, c'est un mec super sympa mais il faut le caresser dans le sens du poil ! lui dis-je afin de le mettre au diapason.

Aristide était sur sa terrasse, avec ses lunettes de soleil de beaufs encore une fois, tel un James Bond provincial de pacotilles. Mais cette fois-ci, ça n'avait pas l'air d'être pour la frime mais plutôt pour cacher une énorme gueule de bois que même Gainsbourg aurait mal vécue. Toujours est-il que je lui avais fait un énorme câlin dans lequel j'en avais profité pour lui glisser à l'oreille que le type qui m'accompagnait était mon supérieur hiérarchique afin de calmer d'éventuelles ardeurs. Rose-Marie n'avait pas l'air d'être dans le coin, sûrement avait-elle un jour de congé.

-Deux cocas ça vous va ? lança Aristide.

Puis, il était allé les chercher sans se soucier de savoir si cette proposition nous convenait ou non. Cette ellipse-temporelle-humaine était tout à mon avantage car elle me donnait une poignée de secondes seul avec mon Joël.

-Je sais ce que tu vas me dire, lui dis-je en chuchotant. Ce mec, vous le surveillez à la Police, mais en menant mon enquête je me suis rendu compte que c'était simplement un brave type manipulé par quelqu'un de bien plus nuisible.

Il n'avait rien répondu mais l'expression de son visage était redevenue la même que celle qu'il avait donné lors de la première soirée où nous l'avions côtoyé. Une façade qui ne donnait pas l'impression d'une grande intelligence mais il fallait rester prudent car ce jeune flic était probablement moins débile que ce qu'il laissait paraître.

Aristide revint avec un pichet de glaçons noyés dans le Coca, quelques verres et une demi-pizza tiède. Joël ne parlait pas et le restaurateur embraya :

-Bon alors fiston, qu'est-ce qui ne va pas ?

-Ca va très bien, je ne viens qu'avec des bonnes nouvelles !

Le dialogue sonnait faux, il y avait quelques secondes de silence entre chacune de nos phrases et Joël nous regardait à la manière d'un metteur en scène pas franchement convaincu par ses acteurs.

-Je… Tu sais, Laure en a sûrement parlé avec toi et tu n'es pas sans savoir que je bosse aussi un peu dans l'art et j'ai pensé à toi ces derniers temps.

-Ouais, dit Aristide l'air méfiant.

-Vu que je sais que ça marche pour toi, et j'en suis le premier heureux, je me disais que j'aurais là peut-être quelque chose qui pourrait t'intéresser. Je parle à Aristide l'ami bien évidemment.

-Je t'écoute.

-Au lieu de passer tes revenus et tes bénefs dans des travaux ou dans des bagnoles, ou même les laisser dormir à la banque, j'ai pour toi une alternative, intéressante et très avantageuse au point de vue fiscal.

Me trouvant à la droite de Joël, j'avais utilisé mon œil droit, celui le plus éloigné de Joël donc, pour faire quelques clins d'œil insistants à Aristide tout en exposant lentement mon projet.

-Je travaille d'ailleurs avec une commissaire-priseur toulousaine très réputée et, parce que c'est toi, je peux te filer un petit coup de pouce.

-Quel coup de pouce ?

-Je peux te fournir en avant-première une petite liste d'œuvres prochainement exposées. Mais, je fais uniquement ça pour t'aider, pour ne pas que tu gaspilles ton fric dans … les impôts par exemple.

Joël ne disait vraiment plus rien, étais-je allé trop loin en fin de compte ? Aristide demanda :

-Tu veux dire que tu m'aides mais que ce serait bien que je t'aide aussi ?

-C'est petit ici malheureusement, il n'y a pas trop de règles mais il faut être un minimum discipliné, dis-je d'un air mafieux.

Putain ! Cela devenait hyper compliqué ! Comment lui faire comprendre, sans lui dire, qu'il fallait qu'il achète mes œuvres tout en évitant d'en parler trop implicitement devant Joël ?

Alors que certains serveurs faisaient des allers-retours entre la terrasse et l'intérieur, je ne savais plus où me mettre. Ils devaient tous se demander ce que je foutais là en train de parlementer avec le big boss. Joël prit soudainement les choses en main :

-Bon, est-ce que vous vous intéressez vraiment à l'art ? Dîtes le nous franchement pour éviter qu'on perde du temps.

-Cabrel, Johnny, énuméra Aristide. C'est de l'art ces mecs ! Alors oui, je m'intéresse à l'art.

-Joël parlait plutôt de littérature ou de tableaux, dis-je. Malgré le fait que tu sois mélomane bien entendu !

Aristide ne disait mot et semblait perdu dans sa réflexion. Je tentai alors de le secouer en lui demandant :

-Tu as bien lu un livre une fois ?

-Ouais bien sûr, « L'année du Football 2000-2001 », quand Nantes avait remporté le titre.

-D'accord, mais des trucs un peu plus vieux, un peu plus mythiques, jamais ?

-« Les yeux dans les bleus » sur la coupe du Monde 98, c'est un peu plus vieux …

J'avais un peu honte devant Joël mais tant pis, je devais continuer, ça allait bien finir par payer :

-Et des classiques de la littérature jamais ?!?

-Si ! « Germinal » ! s'exclama-t-il.

-Ah voilà !

-« Germinal », j'avais bien aimé, c'est certainement le meilleur livre de Balzac !

J'avais fait comprendre à Joël qu'Aristide était finalement un brin cultivé même s'il mélangeait les livres et les auteurs. Le restaurateur, tel un gamin poli, nous demanda la permission de s'absenter quelques instants et cela tombait bien. J'en avais profité pour glisser à Joël : « En fait je me suis planté, lui il a la thune et c'est sa femme qui est cultivée et qui veut les œuvres » afin de rassurer mon Jojo.

-Pourquoi tu tiens tant à vendre tes œuvres à ce gros blaireau ?!? me demanda-t-il soudainement en guise de coup de pression.

-Calme-toi Joël, fais-moi confiance un peu.

-Oui mais là ça urge ! Et oublie pas que je vous héberge ! Je ne veux pas que ça capote pour le magot ! Parce que, sans boulot, si je ne touche pas cet argent je finis à la rue !

-« A la rue » l'autre ! m'énervai-je. Tes parents ils peuvent s'acheter deux Mercedes par mois tranquille ! Moi, je viens de la banlieue de Marseille mon petit gars et je sais ce que c'est que la vraie vie ! J'ai des parents qui bossent dans une usine !

Joël s'en alla subitement. Non sans oublier au préalable de me susurrer un petit mot sympathique comme : « Tocard ! ». Grâce à mon esprit de synthèse ultra affuté et à ma capacité cérébrale à analyser les informations, j'arrivai rapidement à dégager l'avantage et l'inconvénient de ce départ précipité. Déjà, j'étais débarrassé de Jojo et par conséquent j'avais le champ libre afin de discuter avec Aristide mais, d'un autre côté, j'étais comme un con au fin fond de Gruissan et non véhiculé.

A la fin de ma réflexion, Aristide était déjà revenu avec dans sa main une canette de boisson énergétique, la meilleure amie des lendemains de cuite.

-Voilà, dis-je pressé. Vu que l'autre est parti et qu'on peut enfin parler entre couilles sans ce baltringue au milieu je peux enfin t'annoncer que j'ai un super plan à te proposer ! Fiscalement parlant bien sûr !

Il n'avait rien dit mais il ne semblait pas non plus opposé à l'idée que je lui développe ce fameux plan.

-Avec tout le fric que t'amasses, enfin, que tu dois certainement amasser. Tu dois sûrement être tenté de faire du black, et je comprends tout à fait…

-Quel est le rapport avec les œuvres d'art que tu veux me refourguer ? me demanda-t-il dans un Français impeccable.

-Je change de boulot en fait et ça serait bien que tu me files un petit coup de main en achetant deux ou trois bricoles à ma vente aux enchères. En échange, je suis prêt à oublier certaines choses.

-De quoi tu parles exactement ? De Rose et moi ? chuchota Aristide.

-Oui et non, je te dis juste que je peux fermer ma gueule si tu passes une tête à la vente aux enchères.

Ses expressions du visage ne donnaient pas trop de renseignements, je ne savais pas s'il était ravi ou non, le trop plein d'alcool de la veille lui avait rongé la figure et il était difficile de cerner une quelconque motivation dans ses yeux.

-Je vais réfléchir, dit-il avec l'aplomb d'un mec bien trop flemmard.

-Ne réfléchis pas trop longtemps ! m'exclamai-je afin de mettre un semblant de menace. C'est une superbe opportunité. Je te propose mon aide, ça serait con de passer à côté.

J'avais la curieuse impression de parler dans le vide mais cela n'avait guère d'importance, le message allait sûrement passer dans son inconscient.

-D'ailleurs, ajoutai-je, tu pourrais me déposer quelque part si ça ne te dérange pas ?

-Pas le temps mon coco ! s'exclama-t-il d'une voix fatiguée.

-Prête-moi ta caisse alors !

Il présenta la tête de celui qui allait dire non mais il se sentait encore menacé alors il avait dit :

-A dix-neuf heures maximum elle est ici, et tu me remets dix balles d'essence !

Il fouilla dans ses poches à la recherche des clefs puis il ajouta :

-En fait je vais t'emmener, ça va me faire du bien de faire un tour.

Nous avions alors rejoint sa Peugeot Cabriolet et une fois assis dans la voiture, et pour détendre l'atmosphère, j'avais dit à mon chauffeur :

-C'est un peu une bagnole de pédale ça ? Non ?

Lequel avait instantanément répondu :

-C'est la bagnole de ma femme ! Elle me la prête pour la journée.

-Franchement j'aurais limite préféré monter dans une Fiat Multipla !

-Oh, mais ta gueule ! s'exclama-t-il presque de manière affectueuse.

Encore une fois, je devais ruser. En aucun cas mon pilote ne devait savoir qu'il m'emmenait chez les flics.

-C'est sympa de passer un peu de temps ensemble, hein ?

-Je t'emmène où ? répondit-il sèchement.

-Euh…Narbonne centre, je vais rejoindre des amis. Bon, et sinon ? Qu'est-ce que tu racontes de beau ?

-A Gambetta ? Fais chier, je vais te déposer ailleurs, c'est trop compliqué le centre !

-Dépose-moi devant chez les flics alors, ça ira très bien.

-Tu m'emmerdes ! C'est à côté des berges, c'est que des routes à sens uniques !

Finalement je m'étais extirpé à hauteur d'un feu rouge pas très sexy sentant que la maréchaussée n'était peut-être pas si loin de là. Dans un moment, presque, d'émotion, et tout en tenant encore la portière de la bagnole, j'avais dit à Aristide :
-Merci pour tout, et la prochaine fois que tu verras Laure tu pourras lui dire que... en fait...
Il n'entendit que la moitié de ma phrase le feu étant passé au vert entre temps et les bagnoles derrière qui klaxonnaient l'avaient contraint à filer. Cette phrase si émouvante et dont je n'avais pas la fin en fait, mais seulement l'idée, c'était seulement pour lui dire que j'aurais voulu me racheter auprès de Laure. La belle Laure. Peut-être m'aimait-elle bien et j'avais tout gâché ?
Peu importe, ce que j'avais retenu de cette tranche de vie c'est qu'en réalité j'avais ultra sous-estimé la distance entre ce fameux feu tricolore et l'Hôtel de Police. Et, en arrivant chez les keufs, je pensais que mon petit calvaire allait s'achever mais c'était sans compter sur Yannis et Schindler qui m'annoncèrent que Joël ne voulait plus de nous dans sa maison car sa grand-mère s'apprêtait à débarquer. Et ce n'était pas tout, une fois assis dans le bureau de Jean-Luc on sentait que le début de l'après-midi n'allait pas être un long fleuve tranquille. Nous étions donc en face de Jean-Luc et il avait, assise à côté de lui, une fliquette dont le nom restait inconnu et qui regardait son écran comme on regarde une œuvre d'art contemporain, sans trop savoir comment tourner sa tête et en faisant des grimaces. Hasseck, lui, mangeait

nerveusement des amandes tout en regardant sa table. Le téléphone se mit à sonner et il l'attrapa violemment :

-Oui Monsieur Montaigut !

Après quelques secondes d'écoute, il ajouta :

-Comment ça ils le savent ?!? Vous êtes sûr Monsieur Montaigut ?

Puis plus rien, l'homme à l'autre bout du fil lui avait raccroché au nez.

-Bon… dit-il en nous regardant enfin.

Schindler m'avait mis un petit coup de coude qui signifiait certainement que c'était à moi de mener le dialogue :

-Oui, donc…Aristide Filastre. Monsieur Filastre est une brave personne, que dis-je, une belle personne. Ce n'est pas le voyou méditerranéen que l'on aurait pu tous s'imaginer mais simplement un artisan local, travailleur, honnête et victime d'un certain Monsieur Truffat…

-Mais qu'il est con ce mec ! s'exclama Jean-Luc.

-Pardon ? demandai-je.

-Non, je parlais de Montaigut. Bref, continue.

-Voilà. Et je tenais à remercier du fond du cœur Joël pour son esprit de déduction et sa connaissance assez élevée du secteur. Je pense que sa place est chez vous.

-Mouais, d'ailleurs j'ai pensé à Joël un peu moi aussi, on a une place pour lui.

Heureux comme si je venais de cocher les bons numéros au Loto j'avais demandé :

-Oh ! Laquelle ?!?

-J'ai eu un coup de fil de la Municipale et ils cherchent des jeunes pour faire traverser les gosses devant les écoles le matin ! Le seul souci c'est que cela ne démarrera pas avant Septembre !

-C'est déjà ça, dit ma voix alors que mon cerveau voulait dire : « Enfoiré ! ».

-J'ai envie que la Police reste un minimum professionnel tout de même. On ne peut pas confier des missions hautement importantes à n'importe qui.

-Soyez cool ! Vous ne pouvez pas dénigrer quelqu'un à ce point ! On est une équipe !

-On est peut-être une équipe mais je ne peux pas tout laisser passer non plus ! Je n'ai pas envie que vos conneries ne précipitent ma mutation à Roubaix ou à Evreux !

J'avais la délicieuse envie d'abattre ma dernière carte et de commencer à soumettre l'idée au flic qu'une vente aux enchères allait avoir lieu grâce, en partie, à feu Joël.

Jean-Luc avait violemment ajouté :

-Vous commencez sérieusement à me péter les roubignoles les 2be3 !!! J'ai Jean-Marie Erleben qui m'appelle tous les jours pour me demander où en est la plainte !

-Il y a….commençai-je timidement.

-Il y a quoi ? Il y a quoi encore ???

-Il va y avoir une vente aux enchères dans quelques jours. Il faudrait coffrer Aristide, enfin Truffat. Surtout Truffat en fait, mais juste après la vente.

-Mais qu'est-ce que tu racontes ?!? Décide-toi bordel ! Tu ne sais pas ce que tu veux, on dirait une gonzesse en train de faire les soldes !

Soudain, ça fit tilt ! Jamais nous ne devions balancer Aristide car c'était notre allié. Tant pis, Truffat allait prendre pour tout le monde. Je m'étais levé et le silence avait envahi la pièce. J'avais l'impression d'être Martin

Luther King car j'étais persuadé que les mots que j'allais dire allaient bouleverser le cours de l'histoire.

-Robert Truffat, c'est un vieil homme à qui on pourrait confier le bon dieu sans confession. Il vit retiré et on comprend pourquoi. La France ne mérite pas une telle personne ! Un hypocrite, un arnaqueur ! A combien de jeunes rêvant de devenir comédiens il aura fait miroiter que ses stages onéreux allaient les aider à accéder à leur rêve ? Et à combien de familles dans le besoin doit-on prélever des taxes afin de financer les allocations handicapées de ce monsieur qui vit dans un mas de millionnaire et qui n'a, en réalité, aucun souci physique ? Il faut arrêter de s'acharner sur Aristide. Vous savez, dans le passé, on a condamné des innocents car ils avaient eu le tort d'être juifs ou musulmans et aujourd'hui on soupçonne gravement quelqu'un par erreur car il a eu le tort d'être restaurateur !

Ma main droite, qui pointaient l'audience, s'était rabattue vers ma jambe et avait involontairement indiquée à toute la pièce que mon monologue était terminé. Schindler et Yannis s'étaient levés, avaient applaudi et m'avaient pris dans leurs bras. Chacun d'eux m'avaient couvert de : « T'es un grand ! » ou : « C'est magnifique ce que tu dis ! » mais malheureusement la Police française ne semblait pas ressentir le même engouement. Les yeux de Jean-Luc nous fixaient avec un air bête. En vérité, il avait l'air aussi fin que du gros sel.

-Bon, alors là, il va falloir qu'on parle, dit le flic avant de virer de la salle d'un claquement de doigts la fliquette qui l'accompagnait. Ecoutez messieurs, je vous ai offert la possibilité de vous faire oublier à une condition, et cette condition c'était ni plus ni moins que de balancer votre collègue du restaurant qui planque sa drogue. Vous ne m'avez pas écouté et vous m'emmenez dans une autre direction…

Il nous regarda dans le blanc des yeux. J'avais vraiment peur qu'il nous en colle une puis il brisa ce trop long silence en disant :

-Vous voulez un Whisky ?

-Juste un verre, répondit Yannis au nom de nous trois.

-Et je vous mets du Whisky dedans ? compléta Jean-Luc.

Puis il avait sorti de son tiroir une belle bouteille qui ressemblait à un gigantesque flacon de parfum. C'était un peu surréaliste de voir encore ça à l'époque actuelle mais ce n'était pas vraiment le moment de lui demander si cette pratique était légale ou non.

-Ca m'emmerde un peu mais je vais devoir vous coller la plainte. C'était donnant-donnant, j'ai été patient mais il n'y a eu aucun résultat.

-On ne peut vraiment pas s'arranger ? demanda Schindler dépité.

J'étais sonné et Yannis aussi, heureusement que notre camarade était encore un brin lucide.

-Ecoutez, ma connasse de femme s'est mise en tête de vouloir faire construire une Véranda à la maison. Ce n'est pas que je sois dans le besoin mais un petit geste …

Schindler se leva brusquement :

-Vous voulez combien ?!?

-Non, laissez tomber, je suis un incorruptible. J'ai des valeurs, je ne peux pas m'enrichir sur le dos du pays qui a fait de moi un homme : La France !

-Si vous avez le moindre souci je peux vous aider. Comme vous le savez mon nom est Schindler, comme les ascenseurs. Je suis de la famille en fait.

Pour le coup il nous avait mis le doute le Simon. En réalité je n'avais jamais cherché à savoir s'il était un potentiel héritier déchu de l'ascensoriste ou non.

-Ah bon ? demanda Jean-Luc plus calmement avant de finir son Whisky cul-sec. Mais, je veux dire... Supposons, en quelque sorte, nous sommes ce qu'on pourrait appeler des connaissances, des associés, on a fait une mission ensemble donc si tu me prêtes des sous et que la plainte n'existe plus ... Ce n'est pas forcément de la corruption !

Il essayait de s'auto-persuader qu'il restait honnête tout en nous regardant, comme pour nous rendre témoins. Puis il se leva et tourna autour de nous tout en continuant son développement :

-Non mais ! Voilà, on bosse, on croise des gens, on se file des coups de mains, c'est la crise pour tout le monde et les fonctionnaires n'y échappent pas non plus !

-Et comment on ferait pour l'abandon de plainte ? demanda Simon. Ça ne marcherait jamais !

-Pas de soucis pour ça ! Une plainte ça va, ça vient. Puis on peut faire passer ça pour une erreur de stagiaire. Je la ferai passer sur Joël d'ailleurs, ne vous inquiétez pas pour ça les gars.

-Je ne comprends pas, vous dîtes être incorruptible donc irréprochable, on ne remplit pas le contrat et vous ne retenez rien contre nous. J'admire cet humanisme monsieur Hasseck !

-Ecoutez, on fait ce qu'on peut. Moi je suis là pour servir mes concitoyens, ça me prend, ça me vient du cœur. C'est même un besoin vital que de protéger ma patrie et vous savez, vous n'êtes pas des monstres. Ça arrive à tout le monde de vouloir mettre une bonne tatane à quelqu'un sans raison !

Il était à nouveau assis et ses yeux balayaient les angles de la pièce, il avait exactement le faciès d'un potentiel pédophile à la petite semaine.

-Je pense même, reprit-il. Je pense même que c'est vous qui auriez dû porter plainte contre ce baltringue !

Quelques minutes après il nous avait libéré et, devant ses collègues à l'accueil, il avait fait mine d'être en mauvais termes avec nous. C'était confirmé, c'était un pourri, certes cela arrangeait nos affaires mais il ne voulait surtout pas que ça se sache.

Sur le chemin qui liait de manière non-rectiligne l'hôtel de police à la Schindler-mobile, j'avais proposé d'offrir à mes deux camarades un breuvage alcoolisé à consommer dans un établissement réglementaire lesquels m'avaient répondu en chœur d'un : « Non ! » qui ne laissait aucune place à une quelconque négociation.

Le Cheikh De Baank

L'idée nous était venue de manière soudaine, elle nous était tombée dessus comme un éclair de génie. C'était comme ces fameux jours bénis où les musiciens étaient capables d'écrire un tube. L'idée ? C'était de déguiser Yannis en vue de la vente aux enchères. Le déguiser en Cheikh de la famille royale saoudienne et le faire passer pour un lointain neveu du roi Abdallah qui se serait exilé depuis des années en Hollande. Le « Cheikh De Baank » avec deux « a », pour que ça sonne batave, était le pseudo idéal. Ce personnage, c'était la perspective d'une bonne séance de vente. Il avait pour mission de faire croire à une prétendue fortune afin de faire monter les enchères, mais pas trop, de manière à ce qu'Aristide fasse chauffer sa carte bleue. Et puis, qui allait se méfier ? Les gens d'une telle famille sont exilés un petit peu partout dans le monde et personne ne peut se vanter de tous les connaître par leurs noms et prénoms. L'idée était assez bonne et Yannis avait l'air partant. Cependant, il manifestait quelques signes d'inquiétude :

-Et si il y a des émiratis de passage dans le coin et qu'ils veulent me parler ? demanda-t-il.

Schindler lui avait répondu dans la seconde :

-Ils ne seraient quand même pas assez fous pour venir investir dans un coin aussi pourri que ça ! Et de toute façon tu dois bien avoir quelques notions dans la langue de Cheb Khaled ?

-Je parle que l'arabe maghrébin, et juste un peu. Je ne comprends rien à leur Saoudien ou Perse bizarre !

-Dans ce cas … Wa Fiki Barak Allah mon frère !

Leur conversation avançait doucement, loin des dialogues toujours un peu animés qu'ils avaient l'habitude de produire ensemble. Ils me paraissaient plus apaisés depuis quelques temps, les mots s'envolaient moins hauts. J'avais demandé à Schindler de m'expliquer un peu cette histoire d'ascenseurs, lequel m'avait répondu : « Tu sais, nous les juifs d'Europe de l'est on était des grandes familles, presque des tribus donc, oui, les ascenseurs Schindler c'est un peu moi par le biais de cousins éloignés ».

-T'es juif toi ? osa demander Yannis.

-Oui, d'origine. Ma famille en fait, enfin, je pense.

Devant cette soudaine annonce qui révélait plus de sa légère schizophrénie passagère que d'une vérité vraie, j'avais dit :

-Ca me parait bizarre que tu le sois. Tes initiales c'est quand même « S.S.».

-Il ne faut pas s'arrêter aux mots et aux signes. Il faut privilégier l'humain !

Yannis et moi-même étions un peu décontenancés par cette phrase. Elle aurait aussi bien pu sortir de la bouche du Dalai-Lama que d'un discours de Miss France. Yannis nous fit finalement redescendre sur terre en demandant :

-Il faudrait pas que j'aie quelques bases en Néerlandais ?

-Mais non tu t'en branles, lui dis-je. Tu fais semblant de parler anglais avec l'accent belge tout en gardant un peu de salive derrière les dents. Il va toujours falloir que tu sois à deux doigts de postillonner et là tu feras illusion !

-Mais je dis quoi ?

-J'ai quelques bases d'allemand si tu veux. C'est quasiment la même chose.

-Comment tu connais ça ?

-Par des clients de mes parents tout ça… Donc, première phrase, répète après moi : « Ich habe kein geld ».

-« Hicham hat kein geld ! », reprit-il joyeusement.

-Non ! Là tu viens de dire : « Hicham n'a pas d'argent ! » alors que je t'ai demandé de me dire : « Je n'ai pas d'argent ».

-C'est pourri ton truc ! Je ne connais pas d'Hicham en plus ! Et pourquoi tu m'apprends une phrase aussi spécifique ?

-On ne sait jamais, on n'est pas à l'abri qu'un mec veuille te racketter.

-Pfff mais vanne ! s'exclama-t-il en rigolant et en restant ainsi fidèle à son gimmick habituel.

Notre bonne humeur n'était en fait qu'une façade car dans le fond nous jouions très gros à travers ce jeu de rôles préparé pour la vente aux enchères. Il nous restait seulement la fin de la journée pour nous mettre au point, trouver des costumes, et élaborer un scénario.

Le plus dur étant de savoir s'il était plus judicieux d'équiper Yannis d'une Djellaba ou d'un costard. Il y avait aussi l'alternative : « Costard + Chèche ».

-Le but c'est de faire monter les enchères, pas de se faire coffrer pour apologie du terrorisme !!! s'exclama Schindler dénigrant par la même occasion nos vagues idées.

-Putain, ça fait cinq minutes que t'es juif et t'as déjà de la haine envers moi ! lui répondit Yannis.

-Calme-toi Samy Naceri ! C'est quoi cette susceptibilité ? Avouez que vos fringues laissent à désirer quand même !

-Et toi Bernard-Henri Lévy, vous vous croyez malin avec vos casquettes sans visière ?!?

-Pardon ?!? demanda Schindler.

Sentant que le ton commençait réellement à monter j'avais dû m'imposer :

-Ça suffit ! Fermez vos gueules Elie et Dieudonné !!!

Après une courte pause, Schindler avait pris la parole :

-Tu as raison Gaby, on va se calmer. J'ai d'ailleurs envie que nous mettions en pratique une magnifique phrase du grand poète Paul Valéry qui disait : « Aimons-nous vivants ».

-C'était François Valéry qui disait ça, dit Yannis. Paul Valéry c'est plutôt : « Ta sœur, la grande rose où sourit une sainte ». Visiblement on dirait que le peuple élu il n'a pas élu tout le monde !

-Ah ouais ? Et un truc qui commence par : « Ta sœur… » ça ne viendrait pas plutôt de ton copain Abdoul Valéry ?

-Pff, laisse tomber va, dit Yannis.

Interloqué, j'avais alors demandé à Yannis :

-Mais comment tu connais du Paul Valéry toi ?

-Quoi : « Moi » ? Parce que je suis censé connaître que des punchlines de rap moi le Nord-Africain ?!?

-Ce n'est pas ça, mais avoue que c'est surprenant en fait.

-Il n'y a pas que les bourges qui sont cultivés !

Il n'avait pas tort finalement le Yannis. Paraître surpris par les connaissances de quelqu'un à cause de son allure ou de ses origines c'était clairement une forme de racisme. Quoi qu'il en soit, et après ce court échange à peine houleux, nous avions rejoint un magasin de vêtements dans le fameux centre commercial de Narbonne afin de nous procurer le costard idéal. C'est-à-dire à la fois classe et peu onéreux.

C'était étrange de voir Yannis habillé classe, il y avait comme un truc qui sonnait faux. C'était un peu comme si Mozart mixait dans une boîte de nuit, c'était complétement inattendu. Nous avions hésité entre le costard classique et le costard tout blanc qui faisait un peu plus « nouveau riche ».

Une fois Yannis équipé de son costard crème un peu façon jet-setter des années quatre-vingt-dix, il ne nous restait plus qu'à trouver un endroit afin d'y passer la nuit. Malgré nos multiples insistances, Joël ne voulait plus de nous, soi-disant pour « raisons familiales ». Ce qui me foutait la trouille ce n'était pas tant de devoir passer la nuit dehors mais plutôt de ne pas savoir où se trouvaient nos œuvres d'art en vue de la vente aux enchères. A force de l'avoir, un peu, bizuté, avait-il eu la ferme intention de se venger, en embarquant nos trésors ? En tout cas, je n'avais pas envie de me faire rouler dans le sushi par un ex-gardien de la paix et Schindler me rassura en me disant qu'il gérait à distance la vente future.

Quoi qu'il en soit, nos avis divergeaient pour la question du logis du soir. Yannis proposait un hôtel peu onéreux. Schindler, quant à lui, voulait que nos corps aillent s'étaler sur le sable l'espace de quelques heures sombres et moi je voulais rester dans la voiture, pour économiser du fric et aussi parce que ça grattait moins. Afin d'éviter un potentiel débat houleux, j'avais proposé un « Pierre-Feuille-Ciseaux ». Chaque joueur devant s'affronter à tour de rôle, celui remportant le plus de manches imposerait naturellement son idée.

Et, j'avais gagné ! Car mes deux tanches de meilleurs copains avaient enchainé les « Pierre » et moi j'avais dégainé des « Feuilles » à tire-larigot ! Ce jeu, je l'avais dans le sang. A l'instar d'un trader capable d'humer les meilleurs placements, je sentais les coups des adversaires. Si le pierre-feuille-ciseau avait été un jeu de Casino j'aurais sûrement fait fortune mais malheureusement en remportant ce mini-tournoi, j'avais seulement gagné le droit de dormir avec deux beaux gosses dans une bagnole pourrie. Une expérience dont nous n'étions pas novices malheureusement.

A l'heure du dodo, les minutes passaient et quand ce n'était pas le bruit des tongs d'un touriste raclant sur le parking qui nous réveillait, c'était l'inconfortable intérieur de la bagnole. Le temps était long et, par expérience, je savais que je n'allais pas pouvoir fermer l'œil avant un long moment.

-Les gars ?!? lançai-je au hasard.

Mes deux acolytes m'avaient rapidement fait comprendre qu'ils ne dormaient pas mais aucun d'entre eux ne m'en voulait d'avoir brusquement animé la nuit de mes quelques mots. Comme l'atmosphère était détendue et que le cadre fermé ne me laissait aucune échappatoire, Schindler se décida à me coincer :

-Pourquoi tu ne vois plus Laure ? me demanda-t-il.

-C'est compliqué, c'est à cause de l'histoire avec Joël, j'ai dû déconner, pourtant je me suis largement excusé.

-T'as pas de courage en fait ? me dit-il en paraissant amicalement dépité pour moi.

-Ce n'est pas ça mais… Son boulot et tout, c'est difficile et puis elle a pas mal de papiers à faire en ce moment donc elle n'est pas trop dispo, lui répondis-je non sans arrondir un peu les angles.

-Méfie-toi des papiers ! C'est un alibi ! Quand ma mère était petite, elle avait un voisin dans son immeuble, c'était un notaire et tous les dimanches il allait à son bureau pour faire des « papiers ». Figure-toi qu'au bout de trente ans, on s'est rendu compte que ses : « papiers » c'étaient une femme et deux enfants cachés mon pote !

-D'accord, mais là tu compares l'incomparable, et puis de toute manière je n'ai pas le truc, je ne suis pas un mec : « Populaire ».

-Populaire ?!? Ça ne veut rien dire ça ! D'ailleurs ma mère, toujours, elle dit que la popularité ça se mesure au nombre de gens présents à tes funérailles.

-C'est joli ça.

-Ouais mais malheureusement, personne ne saura jamais lui-même s'il est populaire ou non. Mais, ne t'inquiète pas pour ça, t'imagines t'as eu Rose même si ça s'est mal terminé. T'as un potentiel quand même !

-Mouais je te remercie mais j'aurais préféré être noir à la limite.

-Pourquoi tu dis ça ? Tu n'aimes pas ta peau ?

-Non, c'est juste que l'avantage des noirs c'est que c'est comme le cognac, tu ne peux pas leur donner d'âge, dis-je. Du coup tu fais jeune toute ta vie !

-Oh là là, tu pars trop loin mec. Je suis désolé mais je crois je vais réessayer de pioncer, conclut-il souriant.

Enchères et en noces

La bouche pâteuse et le front tabassé par le soleil, j'avais réussi à me désincarcérer de la bagnole afin de me retrouver sur le parking vêtu d'un seul caleçon. Quelques dizaines de mètres plus loin une bonne douche fraîche et publique m'avait aidée à reprendre de l'oxygène après cette nuit asphyxiante. Je pensais, sous les gouttes d'eau fraîche qui s'abattaient sur moi, que malgré la journée « clefs en main » que nous offrait Schindler je devais y aller de ma petite contribution. La petite contribution se résumait à passer un coup de fil à Hasseck. J'avais même réussi à optimiser du temps en lui téléphonant pendant que le soleil prenait soin de sécher ma peau.

-Qu'est-ce que tu me veux si tôt ?!? me dit-il en guise d'accueil.

-Je ne te veux que du bien Jean-Luc, répondis-je d'un air rassurant.

N'entendant plus un son, j'avais commencé à exposer mon plan :

-Il faudrait que tu viennes… On a une… Une réunion disons, à laquelle tu es convié et à laquelle Aristide Filastre, le gérant de « Pic Vacances » est également convié. Il faudrait que tu te pointes, en civil, on le coincera à la sortie. Il nous dira tout ! On fera le coup de l'année, il est dans une mauvaise passe, il va tout lâcher !

Comme il ne répondait pas et qu'il semblait être en train de manger un bon gâteau, je m'étais permis de lui mettre un petit coup de pression, à lui, le flic.

-Onze heures à la salle des ventes de Narbonne. Schindler et moi t'attendrons devant, Yannis ne pourra pas venir.

-Mais vous êtes pires que des girouettes ! Un coup c'est Aristide le méchant, un coup c'est l'autre Truffat ! On dirait ma femme, un coup c'est Marc Lavoine, un coup c'est Patrick Bruel !

Il avait raccroché dès la fin de sa phrase et en revenant au parking j'avais eu la délicate surprise de voir mon Schindler en caleçon, une bière à la main en guise de petit déjeuner et en train de parler avec un vieux monsieur en casquette, claquettes et Marcel.

-Dîtes lui la blague Monsieur ! dit Schindler pendant que je serrais la main au vieil homme dans un style très chiraquien.

-Je disais que… dit le vieux. J'étais en train de demander à votre collègue comment s'était passé l'enterrement.

-L'enterrement ? demandai-je.

-Oui ! La mise en bière !

« Excellent ! » gueula Schindler, même si cette blague avait bizarrement comme un air de déjà vu pour moi.

-Un peu religieux mais pas mal, dis-je en acquiesçant poliment.

C'était étrange car Schindler trouvait cette vanne incroyable, il était tout excité, cela ne lui ressemblait pas. Il regardait, admiratif, le vieux partir comme si c'était quelqu'un de talentueux et donc à qui il souhaitait s'identifier.

Après avoir légèrement relooké Yannis et lui avoir mis du gel dans ses cheveux bruns pour faire prince soigné, nous avions pris la direction de Narbonne et de sa salle des ventes. Dans la voiture, l'ambiance était étrange. C'était un mélange entre une atmosphère de départ au front et une ambiance pèlerine. J'avais la petite boule au ventre, cela faisait longtemps que je n'avais pas eu affaire à elle. Au moins depuis mon bac, la dernière fois où j'avais dû bosser en fin de compte. J'avais, bien évidemment, prévenu Aristide car c'était lui la vache à lait. C'était lui qui devait nous acheter nos œuvres. Mais, j'angoissais, je ne voulais pas que Hasseck et Aristide ne se croisent et qu'ainsi tout échoue.

A l'heure dite, il n'y avait aucun signe de vie que ce soit de la part de Hasseck ni même d'Aristide. Quand tout à coup une bagnole se pointa. Merde ! J'avais oublié d'en parler à Joël ! Yannis était déjà à l'intérieur pendant que nous nous étions précipités vers Hasseck qui était bel et bien en civil, à part sa voiture, et du coup cela faisait encore plus louche !
-Je vous fais une bise à chacun les gars, ça évitera que les badauds se posent des questions, nous murmura le flic.
Fort heureusement, les quelques personnes présentes devant la salle semblaient totalement se foutre de nous. Je lui avais brièvement expliqué la marche à suivre et j'avais insisté pour qu'on aille directement s'asseoir sans passer par l'exposition de prévente aux enchères afin d'éviter de croiser Joël ou même Yannis. Ce même Yannis, dont la tâche consistait à faire monter les enchères afin qu'Aristide craque et ne cesse de surenchérir.

Après quelques dizaines de minutes, qui s'étaient déjà transformées en une demi-heure, Aristide n'avait toujours pas pointé le bout de son nez. Je commençais sérieusement à paniquer même si je le cachais en souriant niaisement comme pour masquer mes inquiétudes. Quand la mère de Joël se pointa pour lancer la séance, j'avais été le seul à me lever de ma chaise et à avoir attendu longtemps comme on a l'habitude de le faire lorsque l'on assiste à des obsèques.

-Bien ! dit-elle avant de faire un discours d'introduction certainement très bateau pour ce genre d'évènement.

Elle s'était ensuite empressée d'expliquer les règles du jeu de manière très précise comme une prof de sport organisée. Les premiers lots, les moins alléchants, bondiraient seulement de cinq euros à chaque nouvelle proposition du public. Toutefois, l'acheteur potentiel avait le doit de proposer une certaine somme s'il désirait à tout prix un objet. En clair, ce n'était pas très clair !

Le premier objet était un 33 tours de « Milord » d'Edith Piaf et alors qu'il peinait difficilement à dépasser les dix euros, Yannis avait soudainement gueulé :

-Yallah !!! Trois cents euros je le veux celui-là !

Il avait cru bien faire, mais il nous avait foutu dans le rouge dès le début de la vente. Les quelques secondes suivantes furent, sans surprise, silencieuses puis victorieuses, à notre plus grand regret.

-Adjugé, vendu ! s'exclama Liliane sous les rires de quelques-uns et les onomatopées d'incompréhension des autres.

Je me sentais mal, mon corps était vide, j'étais sonné, sur pilote automatique. Le pauvre Yannis devait être encore plus mal en point seul, seul face à son erreur involontaire. J'aurais voulu écrire : « Ramène-toi ou je t'égorge ! » à Aristide mais afin de garder encore une chance de nous sortir vivants de cette séance je lui avais seulement poliment demandé de venir.

Quelques minutes plus tard, et alors que Yannis ne disait plus un mot, Aristide m'avait envoyé : « Désolé, je suis malade, j'ai dû choper la grippe » et je m'étais mis à transpirer encore plus qu'un mec qui fait un footing en plein été à Dubaï. Je lui avais répondu : « La grippe ? En cette saison ? Tu te fous de ma gueule ?!? » et cette étrange impression de déjà-vu restait en moi. Cette grippe en pleine canicule, quel abandon plein de lâcheté !

Tandis que Schindler et Hasseck parlaient de vérandas, le rêve assumé de la femme du flic, je me voyais déjà mort ou plutôt « honteux » devant mes parents. Incapable de mener à bien une affaire, incapable de manager des hommes. Seulement bon pour glander.

-Vingt mille euros pour une véranda ! C'est la mort mon petit ! dit Hasseck à Schindler. J'ai tout intérêt à ne pas faire le con pour son anniversaire cette année parce qu'elle m'a dans le viseur mais franchement c'est beaucoup trop cher pour moi !

-Pourquoi ? Vous … t'as fait le con avec elle ? demanda curieusement Schindler.

-Non… enfin, oui. J'ai envoyé deux, trois petits messages avec mon téléphone à une collègue mais c'était que du jeu, je n'ai rien fait et elle est tombée dessus.

-Là on peut dire que tu as cherché quand même ! osa Schindler.

-Mais ce n'était trois fois rien !

-Non ce n'est pas trois fois rien ! gueula Simon avant de se remettre à chuchoter. Quand la baguette est abordable et pas mauvaise on ne s'amuse pas aller voir dans les autres boulangeries !

-En attendant les miches de ma femme se ramollissent et par conséquent mon quignon aussi ! C'est pour ça que je regarde ce que peut m'offrir la concurrence !

-A ta place je profiterais du temps qu'on ici a pour lui acheter deux ou trois bricoles ici.

-Qu'est-ce que j'en ai à foutre de tous ces livres pourris ?!? Si je suis là c'est pour donner suite à la demande de ton copain et pour coincer l'autre !

Schindler insista davantage :

-Profites-en quand même pour jeter un œil aux objets proposés, ce n'est même pas pour toi en plus, ce serait pour ta femme !

Le silence s'était réinstallé entre les deux bonhommes tandis que Yannis participait aux enchères avec un peu moins d'entrain. Evidemment les trois cents euros qu'il avait mis pour acquérir la première œuvre n'étaient pas perdus pour nous, il fallait seulement que Liliane y prélève ses trente pour cent de commission dessus et je me demandai alors si Schindler avait pensé à ne pas citer Yannis comme codétenteur des œuvres afin d'éviter tout conflit d'intérêt potentiel.

Les enchères coulaient leur flot et certains petits bouquins sur lesquels je n'aurais pas misé un kopeck, comme des livres de solfège datant des années cinquante, trouvaient preneur pour une centaine d'euros. Je ne comprenais pas quel plaisir on pouvait trouver à claquer de telles sommes pour se retrouver avec, dans les mains, quelques pages poussiéreuses. Au milieu de toute cette foule qui s'agitait et se calmait de manière cyclique comme la mer, j'oubliais peu à peu notre vrai rôle. Et après tout, l'absence d'Aristide me rassurait peu à peu. A vrai dire, aurait-il été prêt à lâcher des ronds pour s'offrir quelques vieilleries en imaginant qu'il allait pouvoir blanchir ses dessous de matelas ? Il n'était peut-être pas aussi stupide que je pouvais me l'imaginer car il fallait être doué pour avoir la carrure d'escroc professionnel. D'autant plus que Hasseck s'était mis à miser pour tuer le temps et Schindler, intelligemment, surenchérissait pour le challenger et non sans succès :

-Adjugé ! s'exclama Liliane en s'adressant à Hasseck. Félicitations monsieur, vous êtes l'heureux détenteur de l'édition limitée et dédicacée du microsillon : « Vous les copains » de Sheila !

-Tu as fait une affaire, lui murmura Schindler en faisant mine d'être content pour lui. Deux-cent cinquante euros c'est vraiment donné !

-Ça fera toujours un bel amuse-gueule à ma femme pour pallier le manque de Véranda ! Ça lui rappellera la musique de sa mère, c'est le cadeau émotion parfait !

J'avais envie d'éclater de rire car Schindler plumait tellement bien le poulet, il jouait avec et le mettait en confiance. Yannis, lui, sortait peu à peu de son personnage de mec du Moyen-Orient. De manière surprenante, un retraité avait déboursé presque mille euros pour s'offrir un vinyle dédicacé de Felicie Brouillet une conteuse d'histoires en dialecte limousin. Mon moral regrimpait petit à petit. Le lapin posé par Aristide ne semblait avoir aucune incidence sur le bon déroulement de la vente. Schindler laissait de plus en plus sous-entendre à Hasseck que, au lieu d'investir dans une Véranda, il valait peut-être mieux couvrir sa femme de cadeaux plus ou moins « mythiques ». Je restais silencieux, je ne voulais pas gêner Schindler, je m'étais fait à l'idée que c'était le meilleur commercial de nous

262

trois et qu'il ne fallait en aucun cas le déranger pendant sa prestation. Hasseck mordait à l'hameçon, il devenait de plus en plus actif. Il était comme possédé, on aurait dit un vieux ricain en transe devant une machine à sous de Las Vegas. Sur une fin d'enchère un peu houleuse, il se leva même pour aller défier ses deux adversaires. Et au milieu d'un petit tumulte, Schindler me susurra :

-C'est génial, c'est comme les beaufs qui n'ont pas une thune et qui claquent des centaines d'euros en une demi-heure à la foire aux vins.

Et notre ami remporta une nouvelle enchère ! En se rasseyant il nous serra chacun une cuisse en s'exclamant : « Les mecs !!! Six-cents euros pour le vinyle collector dédicacé de : « Ne me quitte pas » de Brel, c'est mythique ! ».

Sa ferveur nous entraînait, il nous portait, on avait envie de l'encourager, de le pousser toujours plus à la consommation. Il était comme un parieur fou au bord d'un champ de courses, les mains en avant et prêt à bondir à la moindre occasion. Yannis, un peu plus loin à gauche restait concentré dans son rôle. Il ne nous adressait aucun regard et il avait raison.

Quand vint le tour de la littérature le sismogramme Hasseck arrêta un temps ses ondulations afin de laisser place à un peu de calme. Cela ne l'intéressait guère mais d'autres clients se battaient avec, cependant, moins de ferveur mais avec la promesse de nous signer un beau chèque. Mais ça le faisait réfléchir sur d'autres choses.

-Dis-moi mon petit, dit-il à Schindler. Les ascenseurs « Schindler », t'as pu avoir ta part du gâteau dedans ?

-C'est-à-dire ? demanda peureusement Schindler.

-Je pensais, éventuellement à ma reconversion, je voudrais créer une boite de Vérandas que j'appellerai : « Nuit Dehors ».

-Laisse tomber, ce n'est pas vendeur comme titre c'est comme appeler une maison de retraite : « Les chrysanthèmes », ça ne sent pas bon d'office.

-Ah tu crois ? Et si on trouve un autre nom, tu me suis ? J'ai énormément de motivation mais pas beaucoup d'argent.

-On verra ça plus tard Jean-Luc, on verra ça plus tard…

Puis, Hasseck repartit de plus belle avec les revues historiques, qu'il n'avait pas l'intention de lire mais d'encadrer chez lui dans l'entrée. Là, les sommes à l'unité étaient en dessous de mes espérances mais en multipliant par le nombre d'exemplaires vendus on ne s'en sortait pas si mal.

Quand Liliane sonna la fin de la séance, j'étais devenu doublement apaisé. J'avais l'impression que le piège s'était définitivement refermé. L'argent allait bel et bien couler à flots dans nos poches ! Yannis régla sa part à l'une des assistantes avant de s'enfuir de la salle en trottinant. Liliane félicita Hasseck qui était devenu, malgré lui, le plus gros acheteur du jour. J'essayais de monopoliser la discussion afin que Liliane ne nous balance pas. Joël et son père arrivèrent à notre hauteur d'un coup. Et merde ! La confrontation allait être brutale, terrible et surtout inattendue. Joël allait-il tout faire foirer ? Je ne savais pas trop s'il fallait s'éclipser dans ce genre de moment ou bien affronter la réalité tout en étant prêt à avoir une répartie de folie.

Joël, très gentiment, fît mine de ne pas nous reconnaître et nous serra la main en se présentant. Curieusement ses parents jouaient la même partition ou alors ils avaient complétement oublié à quoi ressemblaient nos fraises. Et encore plus étrange, ce bon Hasseck qui n'a, habituellement, aucun filtre ne disait rien à Joël, jusqu'à ce qu'il nous prenne à contre-pied :

-Mais dîtes-moi jeune homme, on se connaît ? J'ai l'impression de vous avoir déjà vu, vous n'êtes pas vendeur chez Casto par hasard ? Ou peut-être serveur dans un resto ? Je suis désolé d'être importun mais votre visage m'est vraiment familier.

Après quelques trop longues secondes de silence pendant lesquelles on se demandait si Joël allait se jeter sur Hasseck ou tout simplement se mettre à pleurer, ce dernier prit finalement les devants :

-Je m'appelle Joël et pendant des mois vous m'avez appelé « l'autre », « stagiaire » ou même : « Au pied ! » parfois. Et puis un jour vous m'avez jeté comme un mal propre en m'ignorant royalement.

-Ah mais c'est toi ?!? Très bon élément messieurs-dames ! répondit farouchement le flic en hochant de la tête et en agitant simultanément son doigt.

-Alors si je suis un bon élément, pourquoi m'avoir fait souffrir à ce point ?!? s'énerva Joël.

Hasseck, visiblement intimidé par les parents de Joël, avait répondu :

-Mais, c'est ma hiérarchie qui me forçait à ne pas faire machine-arrière. J'étais odieux parce que la Police voulait réduire le nombre de postes alors elle trouve le moindre prétexte pour se débarrasser des gens et c'est nous qui jouons les méchants !

-Mais pourquoi m'avoir pris comme apprenti alors ???

-C'est…c'est … Tant qu'on aura des énarques au pouvoir messieurs-dames ! La France dérive, la France va mal …

Personne ne comprenait plus rien et son discours bateau de Français moyen imposable ne rimait presque plus à rien. Franchement, Joël me faisait de la peine. On était un peu responsable de son licenciement même si Hasseck avait été tout sauf tendre avec lui. On s'était trop moqué de lui parce qu'il avait choisi une vocation dont on se foutait allègrement et que ses parents lui assuraient la sécurité financière mais on avait sous-estimé sa vocation de flic. J'avais légèrement tapoté l'épaule de Hasseck en lui disant :

-Tout peut s'arranger…

Le flic avait regardé ses pompes, pour la première fois on pouvait deviner en lui un brin de compassion.

Devant le bâtiment, on l'avait aidé à mettre son gros carton rempli de huit-mille euros de bricoles dans sa voiture puis on l'avait apitoyé, même si on cachait quand même une pointe de sincérité :

-Allez, reprends Joël, dit Schindler. Tu as vu comme il a l'air abattu ? Il va devenir quoi sans travail ? Un ivrogne malheureux ? Peut-être une proie facile à enrôler pour des terroristes ? Il a vraiment la vocation, ce métier c'est son soleil !

-Je vais voir, je ne dis pas non mais je vais voir ! Il faudrait déjà qu'il rachète une nouvelle ligne téléphonique pour le bureau.

-Comment ça ? demanda Schindler.

-Des témoins nous ont informés qu'une bande d'abrutis avait repeint la voiture en y inscrivant : « Pizza Police, 4 euros la grande pizza livrée à domicile » avec notre numéro en dessous ! Cela a fait sauter notre standard !

On s'était tous retenus de rire et j'avais enfin eu la réponse à la question qui me turlupinait : « Qu'était devenue cette bagnole que j'avais abandonnée ? ». Schindler décida de calmer le jeu et, telle une épouse un peu coquine pour convaincre son mari, ajouta :

-Allez s'il te plaît, il faut s'aimer entre hommes, sois mignon, reprends-le.

Hasseck s'était même laissé faire quand notre Schindler avait conclu sa phrase d'une bise sur la joue. Cette affection naissante entre les deux hommes était presque belle à voir. Et finalement notre ami policier avait filé dans sa voiture salué par un Schindler comme saluant le départ de l'être-aimé. Et moi, fou de joie à l'idée de recevoir une belle somme d'argent, je proposai immédiatement à Joël et à ses parents un restau en bord de mer le soir-même. Quelque chose m'avait tracassé toute l'après-midi. Ce quelque chose, en réalité une belle chose, c'était Laure. Son absence m'était remarquable et je n'arrivais à me réjouir pleinement du succès de notre vente aux enchères.

Sur les coups de dix-neuf heures, j'avais alors prétexté une folle envie de chewing-gum afin que mes camarades puissent me mener au plus grand supermarché de Gruissan. Yannis m'avait accompagné au cœur de l'enceinte tandis que Schindler avait préféré assister au ballet incessant et sonore des caddies roulant sur le vieux macadam du parking. A l'intérieur de la petite galerie climatisée, j'étais déterminé. Encore plus motivé qu'un toxico qui s'en va braquer une officine, j'avais dit à Yannis :

-On se rejoint dans les rayons, il faut que je demande un truc à l'accueil.

-Je vais t'attendre, c'est plus sympa.

-Dans ce cas, tu ne dis rien ! Pas un mot !

-Oui... D'accord, me dit-il sans trop comprendre la situation.

Quelques mètres plus loin, une dame un peu forte se présenta au comptoir, et la voix tremblotante j'avais entamé :

-Bonjour madame, j'ai perdu mon fils de trois ans dans les rayons, je voudrais passer une annonce s'il vous plaît.

-Oh, mais il ne faut pas s'inquiéter monsieur, donnez-moi son nom et votre nom s'il vous plaît.

-Moi c'est Lionel et lui c'est... Gruno.

-Gruno ? Ou Bruno ? demanda-t-elle étonnée.

-Gruno, répétai-je tel un bègue défaitiste qui s'applique.

Et juste avant qu'elle n'entame son message, j'avais arraché le micro de ses mains en disant :

-Il vaut mieux que je lui dise, ma voix l'apaise !

Elle m'avait regardé un peu en étant triste pour moi, mais pas trop, elle devait s'en foutre en fait.

-Gruno ! Euh ... Laure ! Laure, c'est moi ! C'est Gabriel ! Il faut qu'on se voie, je t'aime ! Non, je ne peux pas encore t'aimer, c'est quand on a quatorze ans qu'on croit qu'on est amoureux en quelques jours ! Mais en tout cas, je suis attaché ! Mon cœur est collé au tien comme... comme une moule de Gruissan se colle à un ponton, non c'est nul, oublie cette métaphore. Mais nous, il faut qu'on essaie, c'est notre chance ! Je sais plus quel auteur disait :

« L'amour, c'est comme un lit superposé, il faut être deux », alors allons-y !

-Monsieur c'est un supermarché ! gueula la grosse que je croyais apaisée.

-Laure, je vais chez Pic-Vacances dans quelques minutes avec mes deux potes et trois clients ou disons : « associés ».

-Ca suffit monsieur ! Le micro n'est pas un jouet ! C'est un outil de travail !

-Merci Madame ! En fait j'avais oublié que mon fils était chez sa mère ce week-end du coup j'ai improvisé pour... pour le plus grand bonheur des touristes !

Un an après ...

Le soleil tapait toujours dans l'arrière-pays provençal. Cela faisait un an pile que je n'avais plus vu Aristide. Après mon cri de détresse envers Laure au micro du supermarché j'avais rejoint le resto « Pic-Vacances » avec mes camarades afin d'y inviter notre Joël et ses parents. Mais, en y débarquant, nous avions pu constater que la Gendarmerie avait eu un coup d'avance sur la Police de Hasseck.

Restaurant provisoirement puis définitivement fermé. Cause : Arrestation de son gérant sur l'Autoroute A9. La « catalane » pour les intimes à la frontière espagnole. Simple contrôle de routine, douanier intrigué par un gros 4x4 tout propre immatriculé en région parisienne avec une seule personne en son sein. Peut-être un riche célibataire parisien descendu vers la péninsule ibérique afin de se revigorer ? Non. Tout simplement un escroc sudiste dans une bagnole de location avec trois kilos de cocaïne dans le coffre. L'enquête montra que, ce soi-disant mafioso de pacotilles réalisait des voyages quasi-hebdomadaires entre le Sud de l'Espagne et Marseille afin de permettre à une grande partie de la « French Riviera » de pouvoir se saupoudrer le nez avec une farine qui ne permettait en aucun cas de faire des crêpes.

Jean-Luc Hasseck avait été démarché par la Gendarmerie et il nous avait balancé…Schindler, Yannis et moi. Mais, attention ! Balancé dans le bon sens du terme ! Il avait loué nos qualités de « lanceurs d'alertes ». Et la Police nous avait même proposé une place au chaud chez eux si jamais l'envie d'aller garder la paix nous venait. Proposition alléchante que nous avions évidemment refusée. Un certain Joël avait aussi été encensé par nos soins auprès de la maréchaussée. Nous avions vanté sa grande maturité et une connaissance du terrain affûtée, lequel avait été promu « Titulaire ». On lui avait même parlé de Truffat, pour ses enquêtes futures.

Et mes parents, je les avais impressionnés. Déjà, d'avoir réussi à récolter douze mille euros nets, à partager en trois, dont huit mille du seul Jean-Luc à la vente aux enchères. Et puis d'avoir résisté seul avec mes potes. Sans aucune assistance financière.

Evidemment, cet argent n'avait pas servi à financer un quelconque voyage aux Seychelles. Manon m'avait quitté en cours de route mais Laure s'était trouvée sur mon chemin alors je l'avais capturée.

Je l'avais retrouvée sincèrement choquée par l'arrestation de son oncle. Elle s'était beaucoup confiée à moi. J'aurais pu dire qu'elle était naïve comme une chanson des Kooks mais elle allait devenir ma femme.

Mes parents l'avaient aimée d'entrée de jeu. Et même si son Curriculum Vitae ne laissait apparaître ni l'inscription « Fac de Médecine » et encore moins celle « H.E.C. » ils avaient vu en elle une future directrice marketing de la société « Garvu ». Maillon indispensable aiguillant le futur PDG, moi, sur le terrain de l'image et de la renommée de l'entreprise. Mais ce n'était pas le sujet. Ni pour elle, ni pour moi. En fait, on voulait partir loin pour monter un restau en bord de mer avec Yannis mais avant ça il nous restait deux ou trois bricoles à régler.

Dans la fraîcheur réconfortante de la paroisse Saint-Sauveur j'attendais. J'attendais que le prêtre daigne terminer de se moquer de moi. Le discours était fait sur mesure, mêlant histoires religieuses et anecdotes personnelles. Le prêtre, c'était Schindler. L'ex Don Juan du bas de gamme avait enfin trouvé sa voie. La spiritualité l'apaisait. C'était étrange comme choix mais il semblait bien. C'était sa manière de fuir son problème d'engagement avec les filles, peut-être était-ce la bonne ?

Quand il eut enfin fini son prêche et que tout le riz avait enfin été balancé j'avais pu l'intercepter :

-Je n'en reviens pas que tu sois devenu prêtre quand même, c'est radical comme changement, mais t'étais vraiment juif avant ?

-Disons oui, comme Jésus en fait.

-J'espère que tu ne finiras pas aussi tôt que lui !

-Ne m'en parle pas ! Quelle vie à la con il a eu celui-là, il est né le jour de Noël en plus donc déjà pour les cadeaux c'était un mauvais plan !

-En tout cas ça doit te détendre ce monde, sans la pression du résultat, des chiffres et tout ça.

-Ah non ! Il y a de ça chez nous ! La concurrence par exemple ! Là je suis à Saint-Sauveur aujourd'hui parce que vous m'avez exigé ! En plus je suis à peine séminariste ! Mais en réalité pour y être titulaire faut être méga pistonné ou avoir au moins vingt-ans de boutique !

Pendant que tout le monde rejoignait les bagnoles en contre-bas je marchais presque seul au côté de mon ami en robe.

-Et les filles c'est complétement fini ? demandai-je.

-Oui, enfin non.

-Oui ou non ?

-Je vais t'apprendre quelque chose. Les gens, plutôt les maris des femmes, ne se méfient pas des prêtres !

-Non ? dis-je choqué.

-La soutane pour eux c'est un contraceptif, c'est rassurant.

-Non ???

-Quand je fais la tournée des mamans du catéchisme pour aller prendre des nouvelles, personne ne se méfie !

-Non ?!?

-Et puis un prêtre pour une femme, c'est comme une lesbienne pour un homme. Cela a ce côté « inaccessible » donc excitant.

-Non !!! Et le mec qui est là-haut il en pense quoi ?

-Je reste correct, je ne mange pas de porc, je ne bois pas d'alcool. J'aide ma prochaine en quelque sorte.

Il rigolait à la fin de ses phrases le Schindler. Ça restera à jamais mon pote car même la robe ne pourra nous séparer. Michel avait mis son beau costard, Juliette était bien apprêtée. Mes parents sont classes mais ça ne m'étonne pas, ils sont nés classes. Ils sont sérieux mais décontractés, c'est comme s'ils ne savaient faire autrement. Ils sont entre « Tradition et modernité » à l'instar des villages de vacances.

C'est peut-être choquant un Yannis et un Gaby en costard entourant un néo-converti mais c'est ainsi. Nous sommes des animaux comme les autres, obligés d'évoluer dans un environnement hostile.

Remerciements :

A mes amis et ma famille

Illustration : Pinky Cometa / Paul Mettery